독박골 산1번지

독박골 산1번지

초판 1쇄인쇄 2019년 5월 27일
초판 1쇄발행 2019년 5월 30일

저 자 권소희
발행인 박지연
발행처 도서출판 도화
등 록 2013년 11월 19일 제2013－000124호
주 소 서울시 송파구 중대로34길 9－3
전 화 02) 3012－1030
팩 스 02) 3012－1031
전자우편 dohwa1030@daum.net
인 쇄 (주)현문

ISBN | 979－11－86644－84－3 *03810
정가 13,000원

도화道化, fool는

고정적인 질서에 대한 익살맞은 비판자,
고정화된 사고의 틀을 해체한다는 뜻입니다.

독박골 산1번지

권소희 장편소설

도화

차 례

말라버린 로즈마리

카강캉캉캉캉. 꽈광쾅쾅쾅쾅. 다탁탁탁탁탁, 쿠당탕탕. 재애앵.

무슨 일이지? 친근하고 익숙한 소리다. 짙푸르게 청량한 하늘을 뒤 흔들던 타악기 소리가 LA 한인 타운 한복판을 흔들었다. 멀리 들리던 장단소리가 점점 커졌다. 나는 슬그머니 현관문을 열었다.

벼이삭이 누렇게 익어가는 들판을 가로지르던 날카로운 단타음. 꽹과리 소리다. 소고에 맞춰 장구와 꽹과리의 까랑까랑한 소리는 규칙적으로 모아졌고 징소리를 따라 타악기들은 여운을 남기며 흩어졌다. 사물놀이패 장단을 따라 가을 어느 날의 풍성한 기억들이 머릿속에 펼쳐졌다. 풍물패들의 행렬.

풍물대는 올림픽 블로바드를 가로지르고 있었다. 그 광경을 구경하기 위해 벌써 많은 사람들이 거리로 나와 있었다. 사람들은 풍물놀이를 구경하고 나는 사람들을 구경했다. 멀고 먼 타국 땅에서 울려 퍼지는 흥겨운 장단은 하늘 높이 휘감았고 땅 밑으로 사라졌다.

그제야 나는 그 행렬이 LA 4·29폭동을 기념하는 행사였다는 것을 알았다. 백인과 흑인 갈등 사이에서 한인 타운이 쑥대밭이 되어버렸던 폭동은 LA에 사는 한인들에겐 잊을 수 없는 상처가 된 역사였다. 지나간 궤적 따위는 기억 속에서 말끔하게 지우라고 권하고 싶은데 상처는 아물지 몰라도 가슴에 남긴 아픔은 쉽사리 지울 수 없다. 어떤 과거는 절대로 잊을 수도 없고 또한 잊어서도 안 된다.

1992년 흑인들은 로드니 킹을 무자비하게 폭행한 백인 경관에게 무죄를 선언했던 재판 결과에 분노했다. 흑인들은 거리로 뛰쳐나왔고 폭도로 변했다. 자신들의 억울함을 분풀이라도 하듯 닥치는 대로 한인 상점에 불을 지르고 물건을 약탈해갔다.

한인사회를 충격 속에 몰아넣었던 흑인들에게 한인들은 오랜 시간 화합의 손을 내밀었다. 어쩔 수 없지 않은가. 미국 땅에서 발붙이고 살아가려면 피해자였다 할지라도 가해자를 달래는 수밖에. 다시는 그런 어처구니없는 일이 생겨나지 않도록 처신해야 한다며 해마다 한인들이 나섰다. 폭동을 기억하는 행사가 풍물놀이를 하며 LA 한복판에서 떠들썩하게 치를 정도로 영향력

있는 행사로 자리 잡았다면 이제 두 인종간의 갈등에도 변화가 생기지 않을까 싶다. 하지만 그건 꿈일 뿐, 현실은 다르다고 챙이 말했다.

작년 이맘때였다. LA 4·29폭동을 기념하던 날, 나와 챙은 집 앞 계단에 앉아 사람들의 행진을 물끄러미 바라보았다. 잿더미가 됐던 거리는 말끔하게 정리됐지만 사람들의 상처는 쉽게 아물지 못했다. 다음에 또 폭동이 일어나지 말란 법이 없다는 게 더 큰 두려움이었다. 무엇이라도 해야 했다. 재발방지를 위해 사람들은 평화를 외치며 행진을 했다.

"조앤, 저게 뭐하는 거야?"

"흑인들과 더 이상 갈등이 없었으면 하는 바람으로 한인들이 행진하는 거야."

"그렇구나."

한인들도 처음에는 폭도로 변한 흑인들에게 분노했다. 그런데도 먼저 불쑥 손을 내밀었다. 반성하지 않은 폭도들에게 용서한다며 손을 내미는 건 상식에 맞지 않는 일이기도 했다. 누군들 자존심이 없어 평화를 외치겠는가. 안전을 위해선 먼저 무릎을 꿇는 사람이 이기는 거다. 아니, 이기고 지고의 싸움이 아니다. 소심한 자존심보다는 생존권을 지켜야 했다. LA폭동은 한인들에게 코리아타운이 더 이상 안전지대가 아니었음을 깨닫게 해주었다. 해마다 4월 29일이 되면 올림픽 블로바드를 가로지르며 '평화'니 '화합' 따위의 주제를 내세우며 차량을 통제하고 한인들이 도로를 가로질렀다. 물론 하늘과 땅을 흔드는 풍물패의 행진이 한인들의 지킴이가 되진 못할 것이다. 그래도 백인들에게 학대받았던 흑인들처럼 우리도 아프다고, 아팠다고 외쳐야 한다. 소리치지 않으면 아무도 알아주지 않는다.

자동차가 없는 도로를 가로지르는 풍물패의 동작이 뿌듯하다. 챙은 풍물패의 흥겨운 장단에 혼이 나간 듯 보였다. 대담하게 도로를 가로지르는 오방색 복장의 요란한 장단에서 눈을 떼지 못했다.

"조앤, 도시도 사람의 영혼처럼 늙어가나 봐. 저 사람들의 그림자 좀 봐. 꼭 저승사자를 닮았어."

"무슨 소리야? 뜬금없이 저승사자 타령을 하고 그래?"

"변화를 말하고 싶다면 도시가 늙어가는 것도 알아야 해."

도시가 늙으면 둘 중에 하나다. 버려지거나 지키려고 애를 쓴다. 버려진 도시는 노숙자들이 모이지만 지키면 지키려고 애를 쓰면 돈 있는 사람들이 모여든다.

도시가 변하는 건 도시의 문제가 아니라 사람의 문제였다. 그걸 챙이 알았던 건지도 모른다. 나는 그때 그녀가 도시를 말하는 게 아니라는 걸 알아차렸어야 했다. 도시에서 소외됐다는 그녀의 외침을 듣지 못했다. 그녀가 이미 스스로를 포기했다는 것을 말이다. 버거웠던 것일까. 결국 그녀는 힘겹게 붙들고 있던 삶을 놓아버렸다. 하지만 그녀가 아니었다면 어쩌면 내가 먼저 살아 있는 목숨을 놔버렸을지도 모를 일이었다.

삶의 외줄타기. 이해만으로는 납득이 되지 않는 절망의 꼭대기에서 챙과 나는 매달려있었다. 느리게 움직이는 늙은이의 맥박처럼 도시 한 귀퉁이를 살아가는 우리는 외줄을 타는 기분이었다. 우리에게 더 이상의 실패는 없었다. 우리에게 실패라면 목숨을 부지하는 일이고 죽는 건 해방을 얻는 일이었다.

챙이 삶의 외줄을 놓아버린 건 아마도 그런 이유였을 것이다. 그녀의 얼굴에서 누리끼리하게 멍든 자국이 점점 사라져갈 무렵 그녀는 갑작스레 목숨을 끊었다. 그녀의 죽음 뒤에 남겨진 나는 혼란스러웠다. 더 솔직히 표현하자면 비겁하게도 죽는다는 게 무서워졌다. 집안 어디선가 언뜻언뜻 푸른곰팡이 냄새가 났다. 죽는 일이 두려워진 나는 기를 쓰고 빛이 있는 곳으로 찾아다녔다. 고장 나서 열리지 않는 창문이 있었지만 다행히도 햇살은 마음껏 쏟아졌다. 그 창문 아래서 손님들이 두고 간 신문을 뒤적이고, 잡지를 읽고 꼬박꼬박 로즈메리 화분에 물을 주었다. 강렬한 햇살에 앙상한 나뭇가지 하나만 화분 가운데 꽂혀있었다.

"이젠 그 썩은 거 갖다버려!"

"상관 마!"

지난 해 크리스마스 전날, 챙이 조그만 로즈마리 화분을 사 갖고 왔다. 우리는 금박지를 벽에 붙이고 플라스틱 소나무에 전등을 두르며 수선을 피우던 중이었다. 예수가 태어난 생일날을 교회에서만 축하하는 건 아니다. 우리도 성탄절이 되면 금박지를 벽에 붙이고 플라스틱 소나무에 전등을 두르며 장식을 하느라 수선을 떤다.

"야, 예수도 창녀와 친했데."

"그래에? 그럼 우리하고도 친할 수 있겠네. 이곳에도 좀 오시라고 해."

"맞아. 우리가 끝내줄 거라고 그래. 히힛."

"미친년들."

한인 타운과 흑인동네 경계선에 자리 잡은 이곳에서 기거하는 사람들 중 챙만 유일하게 베트남 여자였다. 우리는 모두 영어이름을 갖고 있는 한국여자들이다. 웬만한 여자 같으면 문화적인 기세에 눌려 다른 업소로 떠나겠지만 어쩐 일인지 챙은 말도 통하지 않는 우리들과 같이 생활을 했다. 깡말라 보기에도 안쓰러운 그녀는 하는 행동도 엉뚱했다.

화분을 사오다니. 그녀의 뜬금없는 행동은 우리를 당황하게 했다. 선물을 받아서 좋긴 하지만 선물을 주거나 받는데 익숙하지 않은 여자들의 반응은 제각각이었다. 화분을 시큰둥하게 바라보다가 손가락으로 툭 건드리는 무례함이 있는가하면 코에 대고 냄새를 맡아보는 감성파도 있었다. 몸집이 제일 뚱뚱한 벨라는 아예 잎을 툭 떼어 아작아작 씹어 먹었다.

"무식하긴. 이리 내놔!"

자신조차 사랑하지 않는 그들은 누군가의 관심도 쑥스러운 일이었다. 다들 챙이 건네준 로즈마리 화분을 들고 방안으로 사라졌다. 돌아갈 곳만 있다면 벌써 이곳을 떠났을 그들은 세상으로 통하는 문을 닫아 걸었다. 언제가 폭우로 집안 곳곳에 빗물이 새어들은 적이 있었다. 비는 그쳤지만 천장과 벽은 군데군데 얼룩이 지고 말았다. 얼룩무늬 천장 아래 8개로 나눠진 공간에서 꼬물꼬물 살아가는 여자들에게 감동이란 낯설고도 아주 불편한 일이기도 했다.

나는 챙의 뜻밖의 선물에 가슴이 설렜다. 콧노래마저 나왔다. 로즈마리 화분을 놓을 마땅한 공간을 찾았다. 침대 옆에 쌓아놓은 옷가지를 정리했다. 커피포트가 놓인 자리를 좁히자 화분을 올려놓을 공간이 생겼다. 그 위에 화분을 올려놓고 나는 손가락 관절을 꺾어 벽면을 두드려 챙을 불렀다. 챙, 챙! 이리와.

원래 방은 4개였지만 손님을 더 받기 위해 공간을 불법으로 늘렸다. 방문은 하나지만 방문을 열면 그 안에는 두개의 공간으로 나누어져있다. 언제든지 철수가 가능하게 만든 간이칸막이는 옆방에서 나누는 대화 소리가 다 들릴 정도로 나무판이 얇다. 내가 소리치자마자 그녀는 냉큼 내 공간 안으로 들어왔다. 선물을 준 그녀의 마음 씀씀이가 고마워서 나도 뭔가 그녀에게 감사의 표시를 해야 할 것 같았다. 그녀를 침대 위에 앉혀놓고 커피포트에 물을 부었다. 푸푹푸 기적소리를 뿜으며 열이 오른 커피머신에서 짙은 갈색 액체가 유리관으로 흘러내리기 시작했다. 손님을 청한 건 나였으니 그녀에게 무슨 말이라도 꺼내야 했다.

"챙은 어디서 살았어?"

"안지앙."

"안지앙? 거기가 어디야? 호치민과 멀어?"

베트남에 대해 아는 지명이라곤 호치민 밖에 없으니 그녀가 아무리 자기가 사는 마을을 설명해도 감이 오질 않았다. 그녀가 살던 동네가 도시와 떨어진 아주 시골이라는 것만 짐작할 뿐.

"조앤은 어디서 살았어?"

"나? 그…곳…."

"그곳이 어디야?"

"있어. 그런 곳이 있어."

"왜? 기억하기 싫어?"

"내가 살던 곳은…, 독박골이야."

"도. 바. 콜?"

"응."

독박골.

돌멩이 뿐인 척박한 하늘 아래 있는 땅.

그곳에 땅을 닮은 사람들이 모여들었다. 남루한 모습이 남들에게는 헐벗은 것처럼 보일지 모르지만 가진 게 없는 만큼 잃을 것도 없는 이들에게 그 땅은 낙원이었다. 어른들의 마지막 인생이 되었던 그 땅에는 돌만 흔한 게 아니었다. 봄이 되면 산지사방에 핀 꽃들이 꽃망울을 터트렸으며 진달래와 개나리는 바위틈새에서 모습을 드러냈다. 명아주 풀은 물이 흐르는 하천 옆에서 하늘거렸고 달맞이꽃은 파리가 꾀는 웅덩이 옆에서도 선명하게 보랏빛을 머금었다. 생명은 그렇게 아무렇게나 피어났고 돌보지 않아도 저절로 자라났다. 그곳에서는 누구나 그렇게 살았다. 내깔려 놔도 저절로 자라나는 들꽃처럼.

챙의 물음에 빗방울이 떨어지면 코끝에 확 몰려드는 흙냄새처럼 기억 저편으로 밀쳐놓은 그리움이 와락 밀려들었다. 하지만 난, 입을 다물어버렸다. 말할 수 없기 때문이 아니라 할 말이 너무 많았기 때문이다.

"우리에게 어린 시절이란 게 의미가 있을까? 너나 나나?"

"…."

냉소적인 내 말투에 챙도 입을 다물었다. 무안해진 챙의 얼굴을 보는 건 미안한 일이지만 감정을 들키지 않으려면 일부러 쌀

쌀맞은 태도를 보여야 했다. 마사지 일을 하는 우리의 어린 시절을 입에 담는 건 금기에 속했다. 아무도 서로의 과거에 대해 알려고도 하지 않았다. 어린 시절을 나누지 못하는 건 상처받는 기억을 끄집어내고 싶지 않아서다. 말이 좋아 직업이 마사지사지 매춘이 이루어지는 이곳까지 흘러올 때는 볼장 다 본 인생이니 사연 따위는 들으나 마나였다. 들리는 소문에 의하면 챙은 돈에 팔려왔다고 했다. 그래서 그 돈을 갚기 전에는 이곳을 떠날 수 없을 거라고 수군거렸다. 생기라곤 전혀 느껴지지 않은 챙의 풀죽은 눈매를 보면 그 소문이 맞을지도 모른다는 생각이 들기도 했다. 가련한 챙이 눈을 동그랗게 뜨고 내가 살던 곳을 궁금해했다. 그녀로서는 아무 생각 없이 지나가는 말로 물었던 질문이었을 수도 있었다. 그렇게까지 매몰차게 면박을 줄 일도 아니었는데 너무 야박했다는 미안함이 들었다.

"…."

"…."

잠자코 커피를 마시던 그녀가 먼저 입을 열었다.

"난 기도해. 고향에 가게 해달라고."

"가고 싶으면 비행기 표 사서 가면 되지 뭐가 어려워?"

"…."

챙과 가족 사이에 어떤 간극이 가로막혀있는지 모르지만 난 가족과 연락을 끊은 지 오래다. 아버지도, 엄마도. 마치 속세의 인연을 끊은 수도사처럼 균열된 의식 사이에서만 아버지를 떠올리고 엄마를 기억한다. 그러고 보니 나는 가족이 없이 혼자다. 나라는 존재가 이 세상에서 사라져도 슬퍼할 사람조차 없다는 건 허탈하고 서글픈 일이다. 챙이 꽃잎처럼 툭 땅에 떨어진 이유가 돌아갈 가족이 없었기 때문이었을 거라는 생각이 들었던 건 아주 오랜 시간이 흐른 후였다.

볕이 잘 드는 창가에 화분을 놓아도 챙이 남기고 간 로즈마리는 결국 말라 죽었다. 아마도 생명체가 이곳에서 살아남기란 쉬운 일이 아닌 듯했다. 왜냐면 이곳에서 사는 것보다는 차라리 죽음을 택하는 게 더 낫기 때문이다. 아무도 희망을 믿지 않았고 내일을 생각하지 않았다. 어차피 내일도 오늘과 별반 다르지 않을 테니 기대하는 건 의미가 없다. 밤낮이 바뀌어 대낮까지 퍼질러 잠을 자는 우리들 중 누구도 꿈을 꾸지 않는다. 다들 그저 냄새나는 골방에 처박혀 살다가 숨이 끊어지는 그날을 운명이라 여기며 살아가고 있었다. 굳이 소망을 말해보라면 죽을 때 길거리에서 죽지 않는 것이다. 죽음이 차라리 편할지도 모를 이곳마저도 떠나지 못하는 각박한 우리들에게 로즈마리를 선물했던 챙, 그녀가 그렇게 황망하게 우리 곁을 떠날 줄은 몰랐다.

어떤 표정

원치 않은 일을 과감히 그만둘 수 있다는 건 성공만큼이나 대단한 일이었다. 나는 더 이상 사내의 몸을 주무르지 않아도 되었다. 그 일을 그만두었다고 기뻐할 수는 없었다. 내가 빠져나온 그곳에서 누군가는 여전히 그 밑바닥을 훑고 있었기 때문이다. 그동안 바깥세상은 나와 전혀 상관없이 돌아갔었다. 그런데 나와 무관했던 세계가 내게 스포트라이트를 비춰주었다. 누군가는 평생을 매달려도 오지 않을 명성이 마치 부고장을 내밀 듯 불현듯 찾아온 것이다. 너무 급작스러운 일이기도 해서 희망은 어쩌면 죽음의 다른 표현이었을 수도 있겠다는 생각을 잠시 했었다. 내 처지에 쏟아지는 관심을 감당할 수가 없었기에 내가 받은 퓰리처상을 불운과 대등하다고 여겨졌다. 만약에 그 운명이, 수상이 의도된 일이거나 계획된 일이었다면… 아니, 결단코 그건 아니다. 단언컨대 챙이 당한 폭행은 우리들 사이에선 흔하게 일어났던 일상이었고 한쪽 눈이 시퍼렇게 멍든 챙의 얼굴에 카메라를 들이대었던 나는 무지막지하게도 생각이 없거나 사이코처럼 정신이 나갔거나 둘 중의 하나였다. 내가 유명세를 얻는 만큼 목숨을 끊은 챙이 마음에 걸렸다. 그녀에게 은혜를 갚고 싶었지만 갚을 길이 없었다. 나는 빚을 갚기 위해 챙 대신 사람을 찾아다녔다. 그 길만이 챙에게 빚을 갚는 일이라고 여겼다.

나는 독이 오른 싸움닭처럼 푸드덕거리며 남들이 보지 않거나 외면해버린 세상 구석을 샅샅이 뒤지고 다녔다. 카트에 페트병을 잔뜩 싣고 가는 백인할머니에게서 자존심의 몰락을 보았고, 다리 밑에 깔아놓은 노숙자들의 매트리스를 치우는 미국경찰의 모습에서 무자비와 노숙자에게 칠면조고기를 나눠주는 모순의 웃음을 읽었다. 어쨌거나 풍요로운 물질이 쏟아낸 폐기물은 사람이든 물건이든 도시 뒤편에 자리 잡았다. 더러운 냄새를 풍기며 사람들이 눈길이 가지 않은 곳에 노숙자들은 살고 있었다.

보기 좋은 풍경이나 멋들어진 순간포착은 내 관심 대상이 아니었다. 너무 흔해서 지나쳤던 일상을 담기 위해 카메라를 들었다. 지린내 나는 후미진 뒷골목을 쏘다니고 역한 냄새가 익숙할 정도로 헤집고 다니며 카메라 렌즈를 들이댔다. 그런데 내가 찍은 사진에 세상이 반응했다. 예술이 뭔지는 모르는 내게 예술이라는 수식어가 따라붙고 인권이라는 타이틀로 나는 포장되기 시작했다. 잡지사에서는 내가 찍은 사진을 보며 감탄했다. '고통'이라며 머리를 흔들며 내가 찍은 사진들에 돈을 지불했다. 아름다운 풍경이나 먹음직스런 요리를 찍은 사진에 열광하던 사람들은 내게서 '고통'을 보길 원했다. 도시는 늙어갔을 뿐만 아니라 버려지고 방치돼갔다. 길에서 쓰러져 잠을 자는 어떤 인생은 아침을 맞이했고 어떤 삶은 더 이상 밤을 보지 못했다. 그들은 죽음을 잊은 것처럼 보였지만 천천히 죽음의 사자를 기다리고 있었다. 처음에는 불쌍하다는 연민으로 접근했지만 시간이 갈수록 그것마저도 편견이었음을 깨달았다. 그들도 자신의 길을 선택하는 중이었다. 그들에게 품었던 연민이 주제넘은 간섭이라는 걸 알았다면 나는 절대로 한국으로 돌아가지 않았을 것이다.

"헬로우? 메이 아이 스픽 투 조앤 플린?"

"예스. 스피킹"

"예스? 맞군요. 제가 한국말로 말씀을 드려도 괜찮겠지요? 여기는 총영사관인데요. 서울에서 문화체육관광부 후원으로 '아름다운 서울'이라는 테마로 각 장르별로 전시회를 비롯한 각종 문화행사를 기획하게 되었습니다. 사진부문에서는 조앤 플린 선생님을 초청하기로 결정했다고 본국에서 연락이 왔습니다."

"…."

"여보세요, 여보세요? 듣고 계신가요?"

"네. 듣고 있습니다. 그런데 제 전화번호는… 어떻게?"

"전화번호 알아내는 게 뭐 문제겠어요? 대한민국 정부가 선생님의 거취를 모른다는 건 말이 안 되죠."

"아, 네에. 그런…가요?"

"이번 기획은 한국정부가 후원하는 행사입니다. 이런 행사에 선생님같이 세계적인 작가가 동참해야 한다는 게 저희 모두의 의견이니 꼭 수락하여 주시길 바랍니다. 이 행사를 위해 한국에 체류하면서 드는 모든 비용은 정부예산으로 지원될 겁니다. 사진에 대한 저작권은 물론 국가로 귀속이 되겠지만 그것도 충분한 보상이 지원될 것입니다."

내가 사진작업을 할 수 있도록 지원하겠다는 데에 거절할 이유도 없었다. 그만한 대우면 나로선 과분할 따름이었다.

"감사합니다. 하지만… 제가 한국에 돌아갈 수 있을지 그걸 지금 결정하기가 그렇네요."

"무, 무슨 말씀이신지…요? 당연히 한국에 오셔야지요."

"글쎄요…."

"선생님은 한국의 자랑입니다. 세계정상에 계신 선생님을 모신다는 것은 행사를 치르는 일보다 더 의미가 있는 일입니다. 그러니 수락해주시길 바랍니다."

"저를 그렇게 인정해주시니 감사할 따름입니다. 그런데… 아직 제가…."

"그러시면 생각을 정리하실 시간을 드리겠습니다. 제가 일주일 후에 다시 연락을 드리겠습니다."

덜커덕 생산라인 벨트가 끊어지듯 생각이 뚝 멈췄다. 시계초침처럼 머릿속에서 매끄럽지 못한 맥박이 덜컥덜컥 소리를 냈다.

딱 한 번 미주 언론에 '한국인'이라는 코너에 나에 대한 기사가 실리긴 했었다. 퓰리처상 수상에 한국계 미국인이 타게 됐다는 헤드라인 때문에 내 존재가 한국까지 알려졌는지는 몰라도 내가 세상에 알려야 하는 건 흑인에게 얻어맞아 일그러진 챙의 얼굴뿐이었다. 그거 이외에 사람들에게 알릴만한 건 없다.

한. 국.

밀쳐놓은 기억들이 희끄무레하게 나타났다가 사라졌다. 한국을 간다니. 살아서는 절대로 갈 수 없을 거라고 여겼다. 죽어서 혼이 되면 모를까. 전화를 끊고도 진정이 되질 않았다. 손끝이 떨리며 추운 날씨에 발가벗고 운동장에 서있는 것처럼 오한이 몰려왔다. 혓바닥이 벌침에 쏘인 듯 침을 삼키기도 어려웠다. 이 기분의 정체는? 나는 눈두덩이 퍼렇게 멍든 챙을 바라보며 물었다.

챙, 너도 이런 기분이었니? 고향으로 향하는 비행기 표가 있다

해도 망설일 수밖에 없던 이유가?

사진 속에 들어앉은 챙은 아무 말도 하지 않은 채 부풀어 오른 눈두덩으로 나를 물끄러미 바라보고만 있었다.

그녀의 얼굴은 끔찍했다. 손님에게 얻어맞아 얼굴이 엉망진창이 되어 내 공간으로 달려온 그녀는 웃지도 울지도 않았다. 오히려 내가 참혹한 그녀의 모습에 눈물을 주르륵 흘렸다. 옆방에서 그녀가 얻어맞는 소리를 들으면서도 내가 할 수 있는 건 아무것도 없었다. 폭행을 당해도 경찰을 부를 수 없었다. 불법으로 매매춘을 하고 있는 데 경찰을 부른다는 건 말도 안 되는 일이었다.

"그만 놈을 가만히 놔두면 안 돼. 터진 피멍이 가시기 전에 증거로 남겨놔야 된다고."

인정머리 없는 나는 카메라 렌즈를 챙의 얼굴에 들이댔다. 찰칵. 찰칵. 퉁퉁 부어오르는 그녀는 불룩 튀어나온 카메라 렌즈를 바라보기만 했다. 사진에 찍히는 그녀의 감정 따위는 헤아리지 못했다. 목숨이 붙어있다는 걸 감사하게 여기라는 말이 위로가 될 턱이 없었음에도 나는 그만하길 다행이라고 몇 번을 강조했다. 사진이라도 찍어놓고 그 흑인 놈이 다시 찾아오면 보여줘야 한다며 폭행당한 챙의 얼굴을 찍었다. 하지만 사진현상소에 필름을 맡겨놓고도 막상 찾아올 수가 없었다. 차일피일 인화된 사진을 찾아오지 못하고 미적거리고 있는데 그만 챙이 세상을 떠나고 만 것이다. 챙의 죽음으로 불똥이 어디로 튈지 몰라 그녀의 장례는 아주 조심스럽게 치러졌다. 우리들을 진료하는 한인의사의 도움으로 그녀의 사망진단서가 만들어졌다. 얼굴 멍이 사그러들 무렵이었으니 부검 결과도 폭행이 아닌 본인의 자살로 처리됐다. 나는 부랴부랴 사진현상소로 달려갔다. 사진관 직원은 사진을 포장하며 근심스런 얼굴을 지었다.

"이 사진, 경찰에 신고해야 할지 망설이고 있었어요."

"그럴 필요 없어요. 사건이 다 끝났어요."

사진을 찾아온 나는 크리스마스 장식을 떼어내고 그 자리에 챙의 사진을 걸었다.

챙의 장례를 치른 얼마 후 그녀를 그 지경으로 만들어놓은 그 흑인 놈이 업소에 마침내 나타났다. 챙이 감당하기 어려울 정도로 덩치가 무지막지하게 큰 놈이었다.

"여기가 어디라고 나타나! 너 때문에 이 아인 자살했어. 살인자 같으니라구!"

커다랗게 인화된 그녀의 사진을 가리키자 그놈은 어깨를 으쓱하며 밖으로 나갔다. 그리고 다시는 우리 업소엔 들리지 않았다. 그놈의 뒤통수에 대고 동료들은 박수를 치고 통쾌하게 웃었다.

"유아 어 마더 퍽킹! 갓 뎀 잇. 퍽!"

그것뿐이었다. 욕만이 우리가 할 수 있는 항변의 전부였다. 그러나 욕설마저도 나중에는 후회할 충동에 불과했다. 그 사진 때문인지, 챙이 얻어맞아 죽었다는 소문 때문인지 딴 놈도 업소에 찾아오질 않았다. 손님이 끊어지자 동료들이 나에게 눈총을 보냈다.

"니, 그 끔찍한 사진 좀 이젠 뗄 수 없니?"

끔찍하다니? 언제는 속이 후련하다고 좋아 죽더니만 이제 와서는 끔찍하다니. 의리도 한계가 있었다. 몸뚱이로 먹고사는 그들에게 인정 따위는 어울리지 않는 감정이었다. 나는 그들의 요구대로 사진을 떼내어 방안에 걸어놓았다.

침대 맞은편에 걸려있는 챙의 얼굴은 참혹했다. 그녀의 망가진 얼굴을 바라보고만 있어도 마음이 무너져내렸다. 손님이 내 방에 들어왔다가 그 사진을 보고는 기겁을 하고 나갔다. 어둠이 내린 방안은 깊은 산중에 자리 잡은 사찰처럼 적막했다. 내 방의 어둠은 길었다. 아무도 찾지 않는 방안에 앉아있으니 돈, 자존심, 그리고 현실이라는 삼각구도가 얽혀 갈등을 일으켰다. 손님을 안 받아서 좋긴 했지만 당장 돈벌이가 떨어지니 마음이 흔들렸다. 생활을 하려면 돈이 필요했고 돈을 벌려면 자존심을 버려야 했다. 이미 자존심을 지키기엔 너무나 많은 것들이 무너졌다. 내세울 만한 자존심이 없으니 나를 지킬 명분도 없었다. 챙의 사진을 떼어내야 하나 말아야 하나 고민하며 위태롭게 운명의 꼭

짓점 위에 서있던 어느 날이었다.

'국제사진경연대회'

그 우연은 정말로 기적처럼 내 인생을 바꾸어놓았다. 할 일 없이 아침을 맞이했던 나는 응접실 깊숙이 비친 햇살에 의지해서 손님이 두고 간 일간지를 뒤적거리고 있었다. 한 줄의 신문광고가 내 시선을 사로잡았다.

챙의 얻어맞은 얼굴을 찍은 사진은 유명 시사 잡지의 표지를 장식하게 되었고 그 사진 한 장은 그해 퓰리처상 수상의 영광을 안겨주었다. 솔직히 수상을 기대하진 않았다. 내 주제에 수상이라니 가당치 않았다. 다만 챙의 죽음을 세상에게 보여주고 싶었다. 이렇게 사는 인생도 있다는 것을 세상에게 폭로하고 싶었다. 설사 우리 스스로 택한 직업이라 할지라도 이렇게 무지막지하게 폭행을 당하고 결국은 세상을 등져야 했던 여자의 존재를 세상에 알려야 했다. 그녀가 목숨을 끊은 건 그릇된 사회구조에서 비롯됐다는 것과 사회가 그 책임이 있다는 걸 내 방식대로 말했을 뿐이다.

'세상 사람들아, 너희들이 외면하고 있는 세상 한구석에는 이렇게 살아가는 삶도 있어. 너희들은 우리가 쓰레기라고 여기겠지만 우리에게도 인간답게 살아갈 엄연한 인격이 있단 말이야.

어때, 이 사진을 보니까 좀 양심에 걸리지?'

죽음밖에는 자신을 보호할 수가 없었던 챙의 폭행당한 얼굴 덕분에 나는 명성을 얻게 되었다. 난생처음 거금을 만졌다. 그리고 그곳을 떠날 수 있었다. 나는 음습한 매음이 거래되던 유곽의 현관문을 조용히 닫았다.

퓰리처상의 위력은 대단했다. 파티가 많아졌다. 뜻하지 않은 유명세는 많은 사람들을 만나게 만들었다. 그들의 직업도 다양했다. 화가, 잡지 편집장, 그리고 대학교수들이 내 주변에 모여들었다.

"조앤 씨는 어떻게 그런 사진들을 찍게 됐나요?"

그들은 잔뜩 의혹을 품고 나를 떠보기 시작했다. 나는 그들 앞에 던져진 장난감에 지나지 않는다는 걸 알고 있었다. 그들의 집요한 관심에 태연한 척했지만 내심 조심스러웠다. 왜냐하면 내가 과거에 어떤 직업을 가졌었는지 알게 된다면 마치 더러운 벌레를 대하듯 역겨운 표정을 지을 게 뻔했다. 그들에게 나의 과거는 나노 테크놀러지 발견보다도 더 충격일 테니. X축에서 A가 절대로 나올 수가 없다고 확신하는 사람들이나 Y축에 붙어 새로운 B가 될 확률이 있다고 관대하게 평가하는 사람들까지도 마사지업소에서 남자들의 허벅지를 주물렀던 나를 자신들의 영역 안으로 받아들일 수는 없을 것이다. 지금은 나를 추켜세우고 손을 벌려 나를 맞아줄지 모르지만 내 전직을 알게 되면 언제라도 나를 바닥에 끌어내릴 수 있는 냉소적인 사람들이었다. 챙의 폭행당한 끔찍한 사진을 어떻게 찍었는지 알고 싶어 하는 그들은 어떻게든 내 과거를 캐고 싶어 했다. 하지만 나는 그들에게 내 이름이 조앤 플린이라는 것 말고는 아무것도 말해주지 않았다.

양미래, 가끔 내 이름을 읊조려 본다. 가면을 쓰고 있는 내가 내 이름을 나직이 불러본다. 이름을 바꾼다 해도 나는 양준만과 길은녀 사이에서 태어난 딸임은 부정할 수 없는 일이다. 나도 X축과 Y축이 만나는 꼭짓점에서 출발했음은 부인하지 않는다. 중요한 건 어느 방향으로 튀었든 출발을 했다는 것이다. 무언가를 향해 앞으로 나아갔다. 내가 지나온 삶은 과거라는 불미스런 발자국을 남겼지만 어쩔 수 없는 선택이었고 내 인생은 아직 끝나지 않은 게임이라고 생각했다.

지금 나는 미국 국적으로 살아가고 있었다. 시민권을 신청할 때도 망설임이 없었다. 주저하지 않고 한국국적을 포기했다. 존재감 없던 내가 한국국적을 포기하는 일이 무슨 대수인가. 필요에 의해서 취득한 국적이지만 나에게는 미국시민과 한국인이라는 건 중요하지 않았다. 조앤 플린으로 살아가든 양미래로 살아가든 중요한 건 지금까지 버텼다는 것이다. 무엇을 하며 살았냐가 중요하겠지만 빵을 먹고 살든 밥을 먹고 살든 생명이 붙어있다는 건 소중한 일이다. 나는 살아야만 했다. 정말로 살고 싶었다.

유명세를 타게 되니 그 위세는 멈출 줄을 몰랐다. 영사관에서 걸려온 전화도 따지고 보면 그 명성에 딸려온 옵션이었다.

'어떤 표정'이라는 제목이 붙은 사진은 팔을 뻗어 밑바닥에 있던 나의 비루한 인생을 단숨에 지상으로 끌어내었다. 모두가 챙의 덕이다. 그녀의 죽음으로 나는 인생의 전환점, 운명 자체가 바뀌고 말았다. 챙은 내게 로즈마리 화분뿐이 아니라 갚을 수 없는 행운을 안겨주었다. 누군가의 희생으로 은혜를 입었다면 좋은 마음으로 다른 사람에게 갚으면 된다고 여겼다. 하지만 누군가 나를 위해 자신의 전부를 잃어버렸다면 그건 어떤 것으로도 보상할 수 없음을 깨닫지 못했다. 찬우를 다시 만나게 되기 전까지는 말이다.

돈을 줍는 비둘기

퀵이 작업을 하는 스튜디오는 3층짜리 목조건물 꼭대기에 있다. 담장이넝쿨에 둘러싸인 건물은 창문만 빼꼼하게 뚫려있다. 계단을 밟으면 오른발, 왼발. 나무 널빤지들이 서로 다른 음폭으로 번갈아 가며 삐거덕거렸다. 오른쪽 복도 끝에 그의 스튜디오가 있다. 그가 스튜디오 안에 있을 때는 문을 잠그질 않는다. 그림을 그릴 때는 누가 들어오는지도 모를 정도로 정신을 집중하기 때문에 그는 문을 잠글 수가 없다고 했다. 몰입도가 높은 그의 습성을 아는 사람들은 알아서 들어오고 알아서 나갔다. 그림을 그리고 있는 그를 방해하지 않기 위해 나는 예전처럼 책 제목을 훑고 붓통에 꽂아있는 붓들의 개수를 셌으며 창밖 너머로 바닥에 푸드득 내려앉는 비둘기들의 둔한 움직임을 바라보았다.

그는 이젤 앞에 앉아 그림을 그리고 있었다. 부스스하게 빗지 않은 머리카락도 사뭇 진지하다. 용 문신을 새긴 팔뚝을 바쁘게 위아래로 움직였다. 그림을 그릴 때 그는 안경을 위로 치켜올리기도 하고 양 눈썹을 미간으로 모았다. 그건 그가 집중을 하고 있으니 방해하지 말라는 표시이기도 하다. 그의 미간에 깊게 파인 현침살 주름은 아마도 그의 버릇 때문에 생긴 것이리라.

예전에 내가 누드모델로 그의 앞에 섰을 때 지루함을 이겨내기 위해 바닥에 놓인 집기들을 세었다. 금색 문양이 도금된 청색 세라믹 화병 속에 꽂힌 붓의 개수를 천천히 세고 책꽂이에 꽂혀있는 책 제목을 읽고 또 읽었다. 내용은 몰라도 책 제목만큼은 박사수준이다. 첩첩이 쌓인 책들의 제목을 보며 나는 그 내용을 머릿속으로 짐작하며 몸을 움직이지 않았다. 칼 세이건이 쓴 코스모스가 궁금하기도 했고 서브 헐리우드라는 소설책은 읽고 싶기도 했다. 코스모스라면 가을이면 한국에 피는 꽃 이름 아닌가? 하지만 나중에 그 책이 꽃이 아니라 우주에 관한 책이라는 것을 알고는 호기심도 거뒀다. 내용이 궁금한 책은 그에게 무슨 내용인가 묻기도 했는데 아주 드물지만 신기하게도 어떤 책은 내가 제목만으로도 그 내용을 대충 알아맞힌 적도 있었다.

그림을 그리는 그의 모습을 바라보며 옛 생각에 잠시 잠겨 있다가 조용히 몸을 일으켜 창가로 다가갔다. 예전에는 나는 알몸으로 유리창 앞에 서있었다. 비둘기들이 유리창에 자기 몸을 들이받았다. 그러다 어떤 녀석은 균형을 잃고 푸드덕 땅 아래로 내려앉았기도 했다. 가끔 발톱이 한 개뿐인 놈들이 창턱으로 슬쩍 날아들기도 했다. 도시에 사는 비둘기들은 높이 날 줄을 모른다. 비둘기들은 떨어진 빵조각을 찾기 위해 바닥으로 내려앉았고 점점 뚱뚱해져 갔다. 새들은 뚱뚱해지면 날지 못한다. 날개가 없는 쥐들은 날지 못하는 새들의 발가락을 갉아 먹었다. 쥐들이 발가락을 갉아 먹어도 새들은 고작 몇 발자국 옆으로 옮길 뿐이었다. 굶주림은 말초신경조차 무감각하게 만들었다. 세상살이도 마찬가지다. 살아남기 위해선 육신의 어느 부분인가 절단되고 끊어져야 했다. 그의 누드모델이 되는 동안은 벌거벗은 채로 움직여야 했다. 정지된 채 있다가 잠시 휴식시간이 주어지면 나체로 커피를 마시고 잡지를 뒤적였다. 쿽은 그림을 그리다가 은빛 털이 부숭부숭한 그의 손바닥으로 내 몸을 훑기도 했다. 거부할 어떤 것도 걸치지 않은 내 알몸은 손에 목탄가루를 묻힌 그를 받아들이기도 했다.

쿽 반, 그는 내게 처음으로 사진에 대해 눈을 뜨게 해준 남자다. 지금은 롱비치 아트 스쿨에서 학생을 가르치는 화가이고 크로키 작가로 정평이 나있는 중년의 작가다. 나를 처음 만날 때 그는 가난한 대학원생이었다. 그에게는 내 거죽이 필요했고 나는 그의 돈이 필요했다. 그런데 그에겐 돈이 없는 날이 더 많았다. 돈이 없을 때는 물건으로 화대를 지불하기도 했고 돈이 생기면 맡긴 물건을 도로 찾아가기도 했다. 한 번은 그가 내게 돈이 없다며 디지털카메라를 맡겼다.

나는 호기심으로 그가 맡겨놓고 간 카메라에 눈을 가까이 들이댔다. 작은 구멍을 통해 들여다본 세상은 은밀했다. 마치 여자의 성기를 들여다보듯 쾌미하고 자극적이었다. 희한하게도 보고 싶은 대상이 렌즈 안에 가득 찰 때는 포만감과 배고픔이 동시에 일어났다. 그 충동은 아주 강렬해서 살고 싶다는 의욕까지 불러일으켰다. 나는 그가 맡겼던 카메라로 업소에 있는 여자들을 마구 찍어댔다. 그녀들은 알몸에 더 이상 수치심을 느끼지 않았다. 영혼이 빠져나간 육체에 부끄러움이라는 건 의미가 없는 일이기도 했다. 반발도 저항도 없는 그녀들의 도발적인 일상은 카메라 메모리칩에 하나둘 쌓여갔다. 흑인에게 얻어맞는 챙의 얼굴도 그즈음에 찍었던 사진이었다. 그 사진으로 나는 퓰리처상을 타게 되었으니 챙과 퀵은 내게 스승이자 은인이었다. 그들은 몇 광년이 흘러 내 앞에 떨어진 우주를 떠돌던 별들이었다.

퀵은 사진뿐 아니라 나에게 새로운 언어도 가르쳐주었다. 그의 언어, 그의 손에 들린 연필이 스스슥 지나간 종이 위에는 물체가 나타났다. 간결하고 자유로운 손놀림에 나는 반했다. 속박되지 않는 언어가 머무는 곳, 거기에 꽃이 피어나듯 창조가 이루어졌다. 그는 종이 위에 집약적이고 밀도가 단단한 이미지가 아니라 허술하면서도 아주 세련된 흔적을 남겼다. 나도 그를 따라 그림을 그리기 시작했다. 그의 화실에 놓여있던 물건들을 종이에 묘사했다. 처음엔 괴상하게 그리더니 점점 형체가 제대로 잡혀갔다. 나는 그가 부르지 않아도 손님이 없는 날에는 화실에 와서 종이에 정밀묘사를 했다. 나는 그림을 통해 죽어버린 내 영혼을 가까스로 되살려낼 수가 있었다. 자신감이 생겼다. 구태여 A가 되어야 한다는 억압도 받지 않았고 설사 B가 된다 해도 움츠러들 필요가 없었다. 나는 양미래니까.

"어, 언제 왔어?"

"좀 전에요."

"그럼, 왔다고 신호를 보내야지."

"괜찮아요. 시간 많은걸요."

"오늘, 그림 그리려고?"

"아니, 그냥 놀러 온 거예요."

그는 유리창 아래 놓인 흰색 부직포 의자에 털썩 주저앉으며 내게 팔을 벌렸다. 열어놓은 창문으로 들이닥친 바람결에 덥수룩한 은발이 우수수 일어났다 가라앉았다. 난 그의 무릎 위에 걸터앉아 두 팔로 그의 목덜미를 끌어안았다. 가끔은 가슴에 더부룩하게 난 그의 은빛 털이 그리워질 때도 있었다.

"나, 어쩜 한국에 가게 될 것 같아요."

"그래? 잘된 일이야? 아니면 잘못된 일이야?"

그는 언제나 50프로의 확률로 물었다. 그러면서도 세상엔 나쁜 것도 없고 좋은 것도 없다고 했다.

"잘 모르겠어요."

"잘 모르겠다고? 그럼 편견이 있는 모양이네. 편견이 없어야 망설이지 않게 되거든."

"편견이…요?"

지금 내가 망설이는 건 편견 때문이었나? 그럴지도 모른다는 생각을 했다. 편견이 없을 리 없지. 어떻게 미국에 살게 됐는데. 집착에 가까운 도피생활이었다. 나는 미국인 남편과 이혼하고도 조앤 플린이라는 이름을 버리지 않았다. 서양이름만이라도 간직하면 동화되지는 않더라도 최소한 낯선 이방문화에 섞여 살 수 있을 거라고 믿었다. 그렇게 등지고 돌아섰던 나를 한국이 초청했다. 내 명성 때문이든 뭐든 그들의 부름은 내가 한국 사람이었음을 새삼스레 떠올리게 했다.

망설여졌다. 받아들이기도 어려웠다. 한국방문은 이색 문양에 정신을 파는 촌티 나는 여행객처럼 가볍게 찾아갈 수 없는 나라라고 여겼다. 물론 남대문 시장 입구에 서있어도 쉽게 인파에 뒤섞이고 언어소통에 전혀 불편함이 없는 나라이긴 하다. 간혹 재수가 좋으면 길을 걷다가 나를 알아보는 사람이 불쑥 내 앞에 나타날지도 모른다. 그래서 망설이고 있는 중이다. 누군가는 나를 알아볼지도 모른다는 가정이 자꾸 내 발목을 붙잡았다.

그의 가슴팍에 얼굴을 파묻었다. 그의 몸에서는 검은 목탄 냄새가 났다. 업소 여자들은 서양 놈의 노린내에 진절머리가 난다고 하는데 그의 몸에서는 땅에서 말아지는 노동의 냄새가 났다.

"고마워요."

"뭘?"

"당신을 만난 건 내게 축복이었어요."

"그렇게 생각해준다니 고맙군."

"전남편과 이혼을 하고 LA로 왔을 때는 절망이었거든요. 그리고 당신을 만나지 않았더라면, 난 마약에 찌들어 쓰레기통이나 뒤지는 노숙자가 되었을 거예요."

"나도 당신을 알게 되어 영광이야. 내가 어떻게 퓰리처상을 탄 사진작가하고 이렇게 숨을 같이 쉴 수가 있게 됐는지. 당신은 정말 대단한 여자야."

"날 잊어버리지 않을 거죠?"

"물론이지. 내가 어떻게 당신같이 멋진 여자를 잊을 수가 있겠어. 세계를 놀라게 했던 것처럼 한국에 가서 또 사람들을 놀라게 만들라고."

"글쎄요. 한국 사람들이 놀라긴 하겠죠. 내가 조앤이 아니고 미래라는 걸 알게 된다면."

"미래? 그게 당신의 한국 이름이야? 미래? 괜찮네. 기억하기 나쁘지 않아."

"발음하기는 쉬울지 몰라도 그 안의 시간들은 쉬운 세월은 아니에요."

"그렇겠지. 하지만 현재, 자신의 모습만을 보라고. 지금, 얼마나 대단해! 지금 현재만 생각하면 지난 과거 따위는 오히려 아름다움이지."

"당신은 지난날 내가 어땠는지 잘 몰라서 그래."

"당신의 과거? 사람마다 자신만의 과거가 있지. 감추고 싶은…. 하지만 과거가 자신에게 무거운 짐으로 남아있다면 그건 정말로 불행이야."

무거운 짐…?

그럴지도 모른다. 내겐 분명 짐이었다. 벗어버리려고 해도 벗을 수 없는. 그런데도 벗을 수 있다고 여겼다. 그러기 위해 나는 양미래라는 이름을 버리고 조앤 플린 속으로 숨었다.

"한국엔 언제 가는데?"

"근데, 아직 한국에 갈지 결정하지 못했어요."

"왜? 비용 때문에?"

"그런 것 때문이 아니고, 모르겠어요. 뭔가 복잡해요. 두렵기도 하고요. 아니, 솔직히 자신이 없어서요."

"그렇다면 더욱 가봐야겠네. 조앤이 어떤 기억을 갖고 있는지 모르지만 지금쯤이면 자신을 돌아볼 때도 됐어. 과거는 잊기 위해서 있는 것이 아니고 앞으로 살아가기 위해 있는 거야. 그게 정리가 되지 않으면 앞으로의 삶은 진짜 지옥이지."

"…."

"그럼, 이제 이곳을 방문하는 것도 오늘이 마지막인가? 조앤이 보고 싶어서 나야말로 큰일 났는걸?"

"실은, 난… 용서할 수가 없어요."

"누굴?"

"아버지, 그리고 나."

"왜…?"

"지난 시간들 앞에 서있을 수가 없어요. 그러려면 난 그들을 먼저 용서해야 해요."

"자신의 선택을 타인의 탓으로 돌렸었군."

"너무 잔인하군요. 내 속을 훤히 들여다보다니."

"사람들은 남 탓을 하지만 실상은 자기 자신에서 비롯된 일이야."

"당신 말이 맞는지 모르죠. 지금의 내 삶을 설명하기 위해선 아버지의 무능력이 존재해야 했고 부도덕한 엄마가 필요했어요."

"갑자기 한국이란 곳이 어떤 나라인지 궁금해지는걸. 조앤이 자기가 태어난 나라에 이렇게 겁을 내고 있다니. 아직도 그곳은 한국전쟁 중인가?"

한국전쟁, 오랜만에 듣는 단어다. 잊고 있었다. 기억이 없는 게 아니라 떠올리고 싶지 않았는지도 모른다. 고적감이 몰려왔다. 고궁 한 귀퉁이에 말없이 자리 잡고 있는 해치의 쓸쓸한 뒷모습처럼 문득 한국전쟁의 비극이 떠올려지고 아버지가 생각났다. 전쟁이라는 끔찍한 참상은 다신 일어나지 않을 거라고 사람들은 여겼다. 아니면 인정하고 싶지 않다는 게 더 솔직한 표현이겠지만. 전쟁을 인정하고 싶어 하지 않은 사람들의 무관심과 냉대 때문에 아버지의 삶은 평생 외진 곳에 살며 빛을 잃어갔다. 사람들은 평화를 강조하지만 정작 평화를 위해서 해야 할 일은 관심 두지 못했다. 그리고 전쟁이 끝난 후에 살아남은 참전용사가 불발된 포탄조각처럼 버려진 것도 알지 못했다. 아버지라는 인생 줄에 걸려있던 내 인생도 마찬가지였다. 빨랫줄에 널어놓았던 흰색 블라우스가 바람에 날려 엉뚱한 곳에 처박히듯 난 이렇게 미국사람이 되어 조앤 플린이라는 전혀 다른 인물로 살아가고 있었다. 그런데 이제 와서 양미래로 되돌아갈 수 있을까.

"컥, 당신이라면 어떻게 할 것 같아요?"

"일단 맞부딪혀봐. 상처받는 게 두려워? 당신은 세계가 인정해주고 있는 사진작가 조앤 플린이라고. 이제 보니 당신이 사물을 보는 독특한 앵글은 당신 아버지로부터 물려받았는지도 모르겠네. 나라면 주저하지 않고 한국을 가보겠어."

해답은 1번과 2번 둘 중의 하나였다. 갈 것인가 포기할 것인가.

"갔다가 불편하면 되돌아오면 되잖아."

그렇구나. 해답은 간단했다. 포기가 아니라 보류를 택했다. 당분간 퀵과의 헤어짐은 아쉬운 일이긴 하지만 그도 나도 이별은 그다지 신경 쓰지 않았다. 집착이 배제된 사랑은 무미건조할지 모르지만 그것만큼 자유스러운 관계도 없었다. 나는 퀵의 충고가 옳다고 여겼고 결정을 내리고 나니 무거웠던 마음이 사라졌다. 총영사관의 임 영사로부터 연락 오기를 내 쪽에서 초조하게 기다렸을 정도로 홀가분해졌다.

짐을 쌌다. 버릴 것과 창고에 보관할 것들을 분류했다. 늘 옮길 것을 염두에 두었던 탓에 박스는 그리 많지 않았다.

'이, 수첩은….'

만화 캐릭터가 인쇄된 초등학생용 수첩이다. 삐뚤삐뚤 준비물이라고 어설프게 쓴 글씨. 낯이 익다. 내가 쓴 글씨였으니까. 아주 어렸을 때 찍었던 사진도 한 장 꽂혀있었다. 사진 속의 아이들은 모두 연극 분장을 하고 있었다. 모두 아라비아 상인처럼 긴 수염을 붙인 채 웃고 있었고 나는 한 손으로 인형을 껴안고 있었다. 내 옆에 있던 아이, 찬우다. 그 아이는 지금 어떻게 변했을까?

독박골.

그곳은 내 모든 기억의 시작이었으며, 과거라고 불리던 세월의 전부였다. 나는 그곳에서 태어났고 그리고 그곳에서 죽었다.

독박골이 어딘가요?

하늘이다. 바다처럼 끝없다. 푸르른 시선 너머에 하얀 구름이 뭉글거렸다. 비행기가 하늘과 구름이 만나는 무한한 경계를 지나가는 동안 나는 느긋하게 긴장 풀린 마음으로 주름진 산맥을 내려다보았다. 창공에서 내려다본 바다는 비행기 속력을 따라가지 못해 정지된 것처럼 보였다. 장거리 여행에 앙증맞은 식사는 반갑다. 달그락거리며 브로콜리와 쇠고기볶음을 먹고 후식으로 제공된 커피를 마셨다. 사각창문으로 내다보이는 구름은 맨발로 뛰놀고 싶은 충동을 느끼게 했다.

엄마가 떠올랐다. 해마다 가을이면 엄마는 솜을 틀어 두툼하게 만든 후 빳빳하게 풀 먹인 이불 홑청을 무명실로 꿰맸다. 엄마가 메주콩을 쑤어 고추장 된장을 담그면 봄이 왔음을 알았고 엄마는 여름철이 되면 우리보다 장독대를 더 애지중지했다. 빗물이 들어가면 장맛이 변한다는 엄마의 성화에 나는 소낙비라도 쏟아지면 시키지 않아도 장독뚜껑부터 먼저 닫았다. 맵시도 없는 촌스런 바지를 허리까지 올려 입은 엄마는 배추를 소금에 절이며 겨울을 준비했다. 마당을 오고 가는 엄마는 다른 계절이 시작되고 있음을 미리 알려 주었다. 그 순환은 한 치의 어긋남이 없이 반복됐다. 자연처럼 사람도 태어났으면 나이가 들어서 죽어야 자연스러운 일이다. 그런 엄마에게 자식의 죽음은 이해할 수 없는 사건이었을 것이다. 남동생 겨레의 짧은 생애를 기분 좋게 설명하긴 어려웠다. 자연적인 순환의 굴레를 벗어난 동생의 죽음은 두고두고 가슴앓이가 됐다. 엄마에게도, 나에게도. 그때는 몰랐었다. 우리 가족이 살 수 있는 장소는 서울 땅에서는 독박골 밖에 없다는 것을.

북한산은 듬성듬성 바위가 박혀있어 멀리서 보면 꼭 털 빠진 똥개 등짝 같았다. 갈라진 바위틈 사이로 노랗게 핀 개나리가 질 무렵에 우리 식구는 독박골로 들어섰다.

"엄마, 우리 지금 어디로 가는 거야?"

"조용히 해! 우리는 이제 외갓집으로 간다. 빨리 타."

졸린 눈을 비비며 나와 겨레는 아빠엄마의 손에 끌려 용달차 뒤 칸에 올라탔다. 볼에 스치는 찬바람은 두꺼운 이불 사이를 헤치고 졸린 눈꺼풀을 들어 올렸다. 귓전에 울리는 바람 소리는 너무 요란했고 덜컹덜컹 용달차가 옆구리를 차며 달리는 통에 영 잠을 잘 수가 없었다. 바람이 심술 맞게 이불을 펄럭대며 지나가도 겨레는 세상모르고 자고 있었다. 아예 잠자기를 포기한 나는 조각이불을 들추고 쌩쌩 지나는 거리풍경을 눈으로 훑었다. 어둠은 옅어지고 푸르스름한 새벽빛이 올라오기 시작했다. 앙상하게 서있는 플라타너스 나무가 두 눈을 때릴 듯 휙휙 스쳤다. 멋대가리 없는 회색 시멘트벽은 아주 길게 이어졌고 뜨문뜨문 지붕이 번갈아 가며 나타났다.

"엄마! 아직도 멀었어?"

"거진 다 와 가."

이상하게도 외갓집 가는 길이 처음은 아닌데 올 때마다 생소하고 낯이 설다. 우리 집에 같이 살던 여자가 나더러 외가에 같이 가자고 했을 때도 나는 망설임이 없었다. 그 여자가 왜 나와 함께 외가에 가자고 하는지 물어보지 않았다. 앞뒤 전후를 따져 생각할 나이가 아니었다. 내게 외갓집에 가는 일은 그저 즐거운 설렘뿐이었기 때문이다. 나는 엄마의 허락도 받지 않고 그 여자가 요구하는 대로 외갓집으로 향했다. 혼자 가도 외갓집은 쉽게 찾을 줄 알았다. 경험도 시간이 지나면 기억 속에서 희미해진다는 걸 알 리가 없었다. 나는 자신만만했다. 그전에도 외할아버지를 따라 몇 번씩 와봤었기에 쉽게 외갓집을 찾을 줄 알았었다. 외갓집에 갔던 기억뿐 아니라 주소도 정확히 기억하고 있었다.

녹번동 산1번지.

주소에 적힌 대로 녹번동에서 내리면 되는 일이다. 나는 버스 운전사 아저씨에게 녹번동에서 내려달라고 부탁했다. 혹시 지나칠까 봐 녹번동이 가까이 오면 미리 알려달라며 몇 번씩 당부했다. 맘 좋은 아저씨는 녹번동이 왔음을 알려주었다. 그런데 영 달랐다. 버스 계단에서 내려 주변을 둘러봤지만 내 기억 속의 장소가 아니었다.

'이상하다. 이런 분위기가 아니었는데….'

녹번동 산1번지. 엄마가 외가에 편지를 부칠 때 편지 겉면에 그렇게 썼었다. '가나다라'를 뗀 내가 엄마가 쓴 한글을 모를 리가 없다. 게다가 외갓집에 가는 걸 제일 좋아했던 나는 외갓집 모습을 빠짐없이 기억했다. 눈을 감으면 외갓집 들어가는 입구부터 훤히 펼쳐졌다. 큰 개천을 끼고 걷다 보면 징검돌이 나오고 그 징검돌을 건너 마당이 넓은 집을 끼고 약간 위로 언덕진 곳으로 올라가면 벽을 뚫고 자라는 소나무 한 그루가 보이게 된다. 그 집이 바로 '길세진'이라는 외할아버지 이름이 새겨진 문패가 걸려있는 외갓집이다.

녹번동에서 내리긴 했는데… 개천이 보여야 하는데 개천은 어디에도 없었다. 같은 장소를 몇 바퀴나 돌고 돌았다. 짜증이 났는지 여자는 내게 신경질을 부렸다.

“너, 여기가 분명 니네 할머니가 사는 동네가 맞어?”

“네.”

“확실해? 저기… 여보세요. 말 좀 물읍시다. 여기 독박골이라는 곳이 어디인가요?”

“독박골? 그런 이름은 처음 듣는데요.”

여자는 한복자락을 잡아당기며 구멍가게 앞에 철퍼덕 주저앉았다. 나도 같은 장소를 몇 바퀴나 돌았더니 현기증이 나 쓰러질 지경이었다. 하지만 엉뚱한 곳으로 안내했다는 미안함에 앉지도 못하고 엉거주춤 서있었다. 여자는 구슬이 듬성듬성 빠진 구슬 백을 열었다.

‘혹시, 날씨가 덥다고 아이스크림이라도 사주려는 건가?’

하지만 여자가 핸드백에서 꺼낸 건 돈이 아니라 손수건이었다. 그녀는 자글자글한 손수건을 꺼내 토닥토닥 얼굴에 솟아난 땀을 닦았다. 이미 얼룩덜룩 땀과 화장품으로 뭉쳐진 얼굴은 볼썽사나웠다.

“주소가 분명 녹번동 산1번지라며? 근데 왜, 독박골은 어디 있는 거야?”

“글쎄…요. 저도 잘 모르겠어요.”

낸들 알겠는가. 어른들끼리만 통하는 명칭이 따로 있다는 것을. 모든 길에는 샛길이 있고 동네 사람들만 들락거리는 갓길이 따로 있다는 것을. 그리고 인생에도 곁길이 있다는 것을 이해하기엔 난 너무 어렸다.

녹번동 산1번지는 틀림없는 외갓집 주소다. 맨날 엄마가 '독박골'이라고 골백번도 더 말했는데 내가 그 이름을 헷갈릴 리가 없다. 근데 버스에서 내린 곳은 녹번동은 맞는 데 산1번지도 없고 독박골도 없으니 나도 어찌 된 영문인지 어리둥절했다. 자신만만했지만 어린 나 혼자서 외갓집을 찾는 건 역시나 무리였나 보다.

나는 여자와 온종일 헤매다가 터덜터덜 집으로 돌아올 수밖에 없었다. 하지만 그건 천만다행한 일이었다. 만약 그날 내가 외가댁에 여자를 안내했더라면 상황은 걷잡을 수 없었을 것이다.

"엄마, 나 오늘 외갓집에 갔는데 녹번동에서 내렸는데 할머니 집 못 찾았어.

"뭐라구? 거기가 어디라고 니가 찾아 나서? 외갓집 주소는 녹번동이지만 불광동 정류장에서 내려야지."

"아! 그랬어? 그걸 모르고 녹번동에서 엉뚱하게 내렸으니…."

"근데 거길 너 혼자 갔어?"

"아니. 저, 아줌마랑."

"뭐라고? 저 제정신이니? 그래도 못 찾았기에 망정이지. 니가 그 계숙이라는 여자를 데리고 외갓집에 갔더라면 어쩔 뻔했니."

여자를 집에 들인 것도 아버지였고 그 여자를 우리 집에서 내쫓은 것도 아버지였다. 나는 오로지 외갓집에 가고 싶은 마음에 눈치 없이 여자가 시키는 대로 길을 나섰던 것이다. 엄마 말대로 그 여자를 외갓집에 친절하게 안내했다면 나는 엄마와 생이별을 하고 새엄마랑 살 뻔했을지도 모른다.

외갓집을 간다고 허탕을 치고 온 날, 아버지는 외갓집을 찾아가 담판이라도 짓겠다고 악을 쓰던 여자의 면상에 냅다 재떨이를 내던졌다. 이마를 감싸 쥔 여자는 아구구구 소리를 지르며 나뒹굴었다. 이마에선 선지처럼 검붉은 피가 뚝뚝 흘렀다. 비명소리를 듣고 몰려온 옆방 사람들은 피를 멈추게 해야 한다고 수건을 갖고 오고 소독약을 찾아 내밀었다. 동네 사람들의 도움으로 응급처치를 하게 된 여자는 하마터면 죽을 뻔했다고 생각했는지 그날 이후로 우리 집 근처에는 얼씬도 하지 않았다. 하루였나, 이틀이었나. 아버지가 다시 집에 들어왔던 건 며칠이 지나서였다.

"그만하게 합의가 됐으니 다행이라고 생각하슈."

"신세를 지게 됐습니다."

"정말 고마우세요. 주인아저씨 도움이 아니었다면 어찌 됐을지…."

"뭐, 그게 대단한 일이라고. 내 친한 친구가 용산 경찰서에 있었기에 가능한 일이었지. 그런데 부인 있고 자식도 있는 양반이 어찌 한 집에 두 여자를 두게 됐수?"

"….”

아버지는 책상다리 사이로 두 손을 찔러 박은 채 고개를 푹 수그렸다. 내가 벌을 받을 때보다 더 오랫동안 아버지는 그런 자세로 앉아있었다. 입을 다문 아버지의 표정은 또다시 재떨이를 집어 들 것처럼 무서워 보였다. 겁이 난 나는 슬그머니 밖으로 나갔다. 내가 해봐서 아는데 진심으로 뉘우치는 일은 결코 쉽지 않다. 오히려 상처 난 자존심은 뉘우치기는커녕 고집을 부리기 마련이다. 내 예감대로 엄마와 아버지는 이삿짐을 쌌다. 그리고 주인집 아저씨와 옆방에 세 들어 살던 이웃과 마지막 인사도 없이 새벽 일찍 용달차에 이삿짐을 꾸려 외가가 있는 독박골로 도망치듯 향했다.

용달차가 우리 가족을 내려놓은 곳은 대문도 없는 집이었다. 방문을 나서면 바로 자동차가 다니는 큰길이 나왔다. 바람이 불면 당장 날아갈 것 같은 회색 슬레이트 지붕은 어찌나 낮은지 손을 뻗으면 손끝에 닿을 것 같았다. 집 뒷켠에는 작은 도랑이 있었는데 홈만 패였지 물은 흐르지 않았다. 집이라고 해야 하는 건지 방이라고 해야 하는 건지. 방 옆에 붙어있는 부엌도 무척 작았다. 부엌공간이 너무 작아 찬장과 전기스토브는 밖에 내놓아야 했다. 엄마는 부엌으로 들어가는 디딤돌 옆에 돌을 궤고 그 위에 찬장을 올려놓았다. 나도 용달차에서 내려진 살림도구를 옮기려는데 갑자기 엄마가 소리쳤다.

"야, 야, 야! 너 그거 내려놓지 못햇! 잘못하다간 유리 깨져!"

엄마의 고함에 놀란 겨레는 무공수훈장을 땅바닥에 내려놓았다. 야단을 맞은 게 억울하고 무안해졌던지 겨레는 슬그머니 사라져버렸다. 나는 엄마를 도와 빗자루니 쓰레받기니 하는 따위의 자질구레한 살림도구들을 방안으로 옮겨놓았다. 이불을 싼 보따리가 옮겨지고 반닫이를 내려놓은 후 용달차는 덜컹덜컹 몸을 흔들며 떠났다.

독박골에서 아버지는 꽤 할 일이 많은 사람처럼 보였다. 대패로 나무판을 밀기도 하고 망치를 들고 다니며 방 문짝을 수리했다. 국방색 군복 바지에 검불이 붙어있는 줄도 모르고 움직였다. 헌집이었으니 고칠 게 한두 군데가 아니었겠지만 내 눈에 비친 아버지의 모습은 멋지고 대단해 보였다. 군인도 아닌 아버지는 언제나 국방색 군복바지만 입고 있었다. 그 바지는 평상복이자 작업복이었다. 군복바지 때문인지 외할머니는 사위를 부를 때 '양 대위'라고 불렀다. 동네 사람들도 아버지를 '양 대위'라고 불렀다. 나는 아버지의 이름이 두 개인 줄 알았다.

전학신고를 했어도 바로 학교로 갈 수는 없었다. 하루 종일 집에 있자니 심심했다. 동네 탐색에 나섰다. 비가 내리지 않아 개천은 말라 흙바닥을 드러냈고 뜨문뜨문 잡초인지 개망초인지 이름 모를 풀들이 하늘거렸다. 동네는 꼬질꼬질했다. 구멍 뚫어진 망태기가 처마 밑에서 몸을 비틀고 있었다. 반쯤 썩은 대들보 기둥을 타고 올라가는 하얀 곰팡이보다 가벼운 향긋한 냄새가 어디선가 풍겨났다. 꽃향기였다. 군데군데 썩은 물이 흘러가는 도랑 옆을 지날 때도 아카시아 향내가 콧속으로 풍겨졌다. 동네는 한산하고 썰렁했다. 둘러보아도 내 또래 아이들은 눈에 띄지 않았다. 하긴 모두 학교에 가 있을 시간이다.

며칠 후 나도 학교에 가게 되었다. 이사하고 일주일 만이다. 외할아버지가 사주셨던 빨간 가방을 챙겨 들었다. 가방은 아직도 새것처럼 반짝거렸다. 수업시간표를 모르니 가방 안에는 공책 한 권과 필통만 넣었다. 걸음을 옮길 때마다 필통이 털럭털럭 소리를 냈다. 운동장에 들어서자 뻥 뚫린 운동장 바닥에서 쏴한 바람 소리가 가슴속으로 밀려들어 왔다. 엄마와 나를 닮은 그림자가 기다랗게 앞장을 섰다. 철봉대가 드리운 그림자도 나를 향했고 담장 아래 심겨진 플라타너스 나무가 드리운 그림자도 우리를 따라왔다. 나는 엄마 손을 꼬옥 잡았다. 운동장을 가로질러 학교건물 안으로 들어갔다. 엄마와 나는 복도를 따라 걸어 교무실이라는 표지판이 걸려있는 문을 조심스레 열었다. 교실에 남아있던 선생님들이 일제히 우리를 쳐다보았다.

"선생님, 이 아이가 오늘 전학을 온 양미래인데요."

"아, 그러세요. 양미래라… 2학년 4반이군요. 이쪽으로 오시죠."

남자 선생님은 우리를 복도 끝으로 데리고 갔다. 활짝 문이 열린 복도 끝에는 눈이 부실 정도로 햇살이 가득 몰려있었다.

“김 선생님, 오늘 선생님 반에 새로 전학 온 학생입니다.”

“네, 알겠습니다. 교감선생님.”

턱이 길쭉한 여자 선생님이 아래턱을 내밀고 웃으며 나와 엄마를 맞이했다.

“선생님, 우리 미래를 잘 부탁드립니다.”

엄마는 나를 학교에 남겨두고 집으로 돌아갔다. 홀로 남게 된 나는 뒤통수가 뻣뻣해지고 목 뒷덜미가 저릿저릿했다. 멀찍이 운동장을 가로지르는 엄마를 불러 세우고 싶었다. 교실 안으로 들어서니 아이들이 나에게로 시선을 집중했다.

“오늘 우리 학교에 전학 온 친구예요. 이름은 양미래라고 해요. 처음 와서 모르는 게 많을 테니까 우리 친구들이 친절하게 알려주세요.”

합죽이 선생님은 내 양어깨에 두 손바닥을 올려놓고 힘을 주었다. 왜 선생님이 내 어깨에 손을 얹고 힘을 주었는지는 모르겠다. 미묘한 압력은 별로 유쾌하지 않았다.

선생님이 가리키는 곳에 앉았다. 맨 뒷자리였다. 다음 주에 자리배정을 해준다고 했지만 난 3학년 올라갈 때까지 사물함 옆에 놓인 책상에 짝꿍 없이 혼자 앉았다.

쉬는 시간이 두 번이 지났다. 쉬는 시간마다 교실 안은 먼지가 풀풀 나도록 소란스러웠다. 남자 녀석들이 공연히 사물함 문을 열고 닫으며 빗자루를 꺼냈다가 도로 집어넣었다. 하지만 녀석들이 나를 힐끔힐끔 바라봤다는 걸 눈치채지 못했다. 다음 수업시간을 걱정해야 했기에 주변을 신경 쓸 처지가 아니다. 빈 가방만 털레털레 들고 왔으니 하루 종일 받는 수업이 지겨울 수밖에. 등교 첫날이니 봐줄 거라는 안도감은 있었지만 그래도 다른 아이들이 색종이를 꺼내고 가위를 꺼낼 때 멋쩍어서 집으로 돌아가고 싶었다.

"넌, 어디 사니?"

3교시가 되자 앞자리에 앉은 진숙이라는 애가 내게 말을 걸었다.

"저기, 독박골."

"…."

진숙이는 그 이상 내게 말을 걸지 않았다. 난 '독박골에 사는 아이'라는 말이 무엇을 의미하는지 그때는 몰랐다. 내가 독박골에 산다는 말에 반응을 보였던 건 주전자에서 물을 따라 마시던 남자애였다.

"나도 독박골에 살아. 내 이름은 찬우야."

"그래? 반갑다."

가뜩이나 낯설어 얼이 빠졌는데 같은 동네에 사는 아이를 만나게 되어 무척 반가웠다. 다행히도 이 괴이한 분위기는 다시 경험하지 않아도 되었다. 나는 아예 독박골에 뿌리를 내려 산이 되고 가을이 되며 개천이 되었기 때문이다.

독박골에서 학교까지의 거리는 꽤 멀었다. 독박골에 사는 아이들은 모두 고개를 넘어 학교에 가야 했다. 아침 시간이면 동네 아이들이 죄다 개미 떼처럼 줄지어 고개를 넘어갔다. 북한산 계곡 아래 포도밭 너머에 사는 찬우도 외갓집 옆집에 사는 병찬이도 아침마다 개울을 지나 고개를 넘었다. 알음알음 알게 된 친구들과 넘는 고개는 그저 땅일 뿐이었다. 가파르다고 느꼈던 건 불평을 입에 달고 살던 어른들뿐이었다.

여름이 가까우니 날씨가 후덥지근해졌다. 날씨가 더워 창문을 모두 열었다. 열어놓은 창문 안으로 복도 끝에 있는 공중화장실 냄새가 바람을 타고 솔솔 교실까지 풍겼다. 산달이 다가와 배가 불룩한 합죽이 선생님은 얼굴을 찡그리며 코를 막고 창문을 닫으라고 짜증을 부렸다. 화단에 심겨진 해바라기 줄기가 삐쭉 고개를 내밀어 공부하는 나를 쳐다보며 까닥거렸다. 나도 흔들거리는 해바라기에게 연필을 쥔 손을 흔들어 아는 척을 했다. 나를 보고 있는 해바라기는 독박골 산길에 피어있는 아주까리를 닮았다. 나는 글씨를 쓰다가 교실 창문 너머 대머리 바위에 얹혀있는 구름을 멀거니 바라보았다. 떠다니는 하얀 구름이 부러웠다.

비행기 창문 밖의 구름은 손에 닿을 듯 아주 가까이 있었다. 비행기 좌석 깊숙이 허리를 집어넣었다. 좁고 불편한 기억들이 꼬리뼈에서부터 갑갑하게 올라왔다. 증오와 미움으로 뒤범벅이 되기 전의 시간들, 독박골에서 지냈던 어린 시절은 유리 화병에 담아놓은 색돌처럼 환한 미소를 감출 수 없는 한때이기도 했다. 까마득하게 잊었던 희미한 얼굴들이 가닥가닥 눈앞에 나타났다가 사라졌다. 늘 배다른 동생을 업고 마당을 서성이며 새엄마의 구박을 받던 희옥이의 저녁 무렵이 떠올랐다. 항상 구멍 난 양말을 신었던 병찬이가 구름 위로 나타났다 슬그머니 없어졌다. 모두들 어떻게 변했을까? 이젠 다들 성인이 되었으니 길에서 만나도 서로 몰라볼 테지.

불. 그리고 죄에 대한 이야기였다. 아니 죄하곤 전혀 상관없는 사람들의 이야기였다. 뱀을 통해 인류가 저주를 받았다지만 뱀바위에 얹혀살던 사람들은 죄가 뭔지도 몰랐다. 죄가 뭔지도 모르는 무지한 사람들에게 신의 징계가 내렸다면 그건 너무 가혹한 징벌이다. 나는 그들을 위해 진작 눈물을 흘렸어야 했다. 독박골을 떠나지 말았어야 했다. 평생토록 가난을 끌어안고 그들의 영혼을 위해 제단을 쌓았어야 옳았다. 눈을 감았다. 더 이상의 기억을 끄집어내는 건 견딜 수 없다. 지난 회상은 언제나 그 부분에서 끊겼다.

요셉이 없는 마리아

섬 한 귀퉁이에서 떨어져 나갔어도 돌멩이는 섬이 될 수 없었다. 세월이 흘러도 돌멩이는 돌멩이였다. 연락을 끊고 단절하면 감정도 말끔히 정리될 줄 알았다. 30년 만에 밟은 한국 땅에서 벅차오르는 감정을 느끼게 될 줄은 몰랐다. 한국은 정말로 놀랍게 변해있었다. 놀라웠다. 서울은 예전의 그 모습이 아니었다. 그 변화 앞에 놀라움을 감출 수 없었다. 상상했던 그 이상으로 바뀐 서울의 모습에 당혹감마저 들었다. 입국절차를 마치고 출구로 나오자 휘둥그레 멈춰서고 말았다.

'몰라보게 변했구나!'

부요와 풍요가 미끄럼을 타고 지나간 공항 안에서 나는 정말로 미아가 된 것처럼 어리둥절했다. 두리번거리며 나를 마중 나온 사람을 찾아보았다. 나온다던 사람은 보이지 않았다. 만약 길이 엇갈려 못 만나게 되면 어쩌나? 뒷목을 조여드는 초조감이 몰려왔다. 이 기분, 오래전에 겪었던 기억이 떠올랐다.

엄마가 돌아가시고 나는 무작정 거리로 나갔다. 갈 곳이 없었지만 돌아갈 곳도 없었다. 불안하게 날은 컴컴해지고 잘 곳을 찾아야 했다. 사람을 사고파는 험악한 곳이라고 해도 반가울 수밖에 없는 절박함이 목덜미에서 발목 주변까지 휘감았다. 내 행색은 한눈에 봐도 고아처럼 비리척지근했다. 아무 버스나 탔다. 그리고 시내 한복판에 내렸다. 조명 때문에 언뜻 보기에는 화려하고 번잡해 보였다. 하지만 동네는 더럽고 불량해 보였다. 내가 갈 곳이 없다는 것을 남들에게 들키지 않기 위해 다시 버스를 탔다. 내리고 또다시 버스에 올랐다. 갈아타기를 몇 번째. 그것도 지쳤다. 날은 어둡고 버스도 곧 끊길 거라는 생각에 어느 낯선 도시에 내렸다. 나지막한 집들이 차라리 안심이 되었다. 이따금 한가한 도로를 군용트럭들이 먼지를 일으키며 지나갔다. 듬성듬성한 건물만큼 사람들이 드문드문 길을 걸어 다녔다. 시장 안에는 사람들이 제법 오고 갔다. 전등 아래 생선은 물빛이 자르르 윤기가 흘렀다. 국밥이 설설 끓는 커다란 솥은 곁에 서서 냄새만 맡아도 배가 불러왔다. 한참을 바라보다가 쓰린 배를 움켜쥐고 고불고불 사람 하나 겨우 다닐 정도로 좁은 골목 안으로 들어갔다. 희한하게도 그곳은 별천지처럼 환했다. 색색깔의 한복을 입은 여자들이 신부처럼 웃고서 나를 기다리고 있었다. 나는 화려한 한복 색에 홀려 그곳으로 들어갔다. 그곳에선 웅크린 나를 내쫓지 않고 먹을 것을 주었다.

"야, 너 집 나왔냐?"

"…."

"근데 네 손에 들린 건 뭐냐?"

"수훈장이요."

"수훈장? 누가 탄 건데."

"아버지…요."

"느이 아버지가 훌륭하신가 보다. 근데 왜 집은 나왔냐?"

"…."

"웬만하면 돌아가라. 이곳은 너같이 어린 애가 올 곳이 못 돼."

"그냥 제 발로 걸어들어온 건데 받아들여."

살 곳이 못 된다던 그곳도 사람이 살아가기는 마찬가지였다. 차이가 있다면 남들은 숨어서 하는 일들을 그들은 드러내놓고 했을 뿐이다. 그들은 부끄러움도 없이 훌렁훌렁 한복을 벗어댔다. 그곳의 여자들은 속옷차림으로 밥을 먹고 팬티 차림으로 마루에 앉아있었다. 오히려 조각난 손수건 같은 속옷이 거추장스럽게 여겨졌다. 맨몸으로 생활하는 그곳의 여자들을 보며 나도 그들처럼 벗고 싶었다. 겉옷을. 죄의식을. 피해의식들을.

"너, 현행범과 일반인의 차이가 뭔지 알아? 바보, 그것도 몰라? 그건 범행 현장을 들켰냐, 안 들켰냐야. 들키면 감옥을 가고 안 들키면 거룩하게 사는 거지. 사람들이 죄를 짓고 살지만 모두 다 교도소를 가는 건 아니야. 왜냐? 안 들켰으니까. 재수 없이 들키는 놈들만 범인이 되는 거지. 그러니까 너도 들키지 않도록 조심해."

"아예 처음부터 죄를 안 지으면 들키지 않으려고 애쓰지 않아도 되잖아요?"

"어쭈? 그렇지, 그건 그래."

"야, 세상에 죄 안 짓고 사는 사람이 어딨어? 네가 아직 어려서 모르나 본데 너는 그게 가능하다고 보냐?"

맞는 말이다. 나야말로 죄를 피해 달아났는데 안 그런 척하며 살았다. 평생을 피해의식에 시달렸던 나였다. 행여나 들킬까 봐 아예 한국을 떠났는데 30년 만에 과거 속으로 다시 돌아왔다. 이젠 양미래로 돌아가야 한다.

"조앤 플린 씨죠? 이쪽으로 오시지요."

정장을 말쑥하게 차려입은 한 남자가 내가 끌고 있는 카트를 넘겨받아 끌었다.

"안 오실까 봐 무지 걱정했어요."

"그러셨어요? 죄송합니다. 미리 대기하고 있어야 했는데. 우선 숙소로 안내해 드리겠습니다. 오후에는 정부 인사들과 간담

회와 기자회견이 준비되어있습니다. 내일은 문체부 장관과 오찬을 하셔야 하구요."

"알겠습니다. 그런데 제가 지금 좀 정신을 차릴 수가 없군요. 일정은 조금 있다가 말씀해주세요"

"약을 좀 드릴까요?"

"아, 아니에요. 아직 적응이 되질 않아 어색해서 그런 겁니다. 그런데 기자회견에 준비할 것들은 무엇이 있나요?"

"의례적인 질문들일 테니 그리 신경 안 쓰셔도 되지만, 앞으로 준비할 일에 대해 질문을 할 겁니다."

"실은, 서울의 어느 장소를 찍어야 할지 아직 결정하지 않았거든요."

"그럼, 비밀이라고 말씀하시면 되겠네요."

"후, 그렇군요."

문체부에서 나를 위해 정해놓은 숙소는 홍은동 전철역 부근 스위스그랜드호텔이었다.

'숙소를 불광동 부근에 마련해달라고 부탁할 걸….'

왜? 쓸데없는 생각이라고 이내 생각을 고쳐먹었다. 그곳에 가야 할 이유가 없다. 나는 조앤 플린이고, 세계적인 사진작가이며, 한국정부의 초청으로 한국에 나와 있는 거라고. 내가 과거에 어떤 사람이었는지 드러낼 이유도 없을뿐더러 결코 드러나서도 안 되는 일이다.

그런데 이 기분은 뭔가. 생각을 집중할 수도, 안정을 취할 수도 없는 이 불안함은. 불에 달궈진 돌멩이를 밟고 쩔쩔매는 기분이다. 오른발, 왼발 뜨거움을 옮겨보지만 열기는 몸 안에서 화끈거렸다. 나는 누구인가. 내 머릿속은 온통 그 물음뿐이다. 조앤 플린, 수잔 플린, 아니면 조앤 강. 무슨 이름이 됐든, 정말로 나는 누구인가.

회견장에 모인 기자들은 정말로 내가 누구인지, 과거에 내가 어떤 이력을 지녔는지도 모르면서 카메라 플래시를 터트리고 질문을 쏟아내기 시작했다.

"선생님께서는 '도시의 순례자'라는 닉네임을 얻을 정도로 인권사각지대를 사진에 담는 사진작가로 유명한데 유난히 그런 주제를 택하는 특별한 이유가 있으신가요?"

"우리는 살다 보면 타인의 고통에 개입해야 되느냐 외면해야 하느냐 하는 문제에 봉착하지 않을 수 없습니다. 이 순간에도 폭력적이고 잔혹한 일들이 세계 곳곳에 일어나고 있지만 대게는 알려지지 않은 채 묻혀가기 마련인데 사진은…, 그런 고통을 남들이 이해할 수 있도록 문을 열어주는 문지기입니다. 하지만 어떤 면에서는 사진작가는 비도덕적이고 무능력한 사람처럼 보이기도 합니다. 문제를 해결하기보다는 지켜볼 때가 더 많으니까요. 방관자라고나 할까요."

사람들은 술렁거리기 시작했다. 그들의 뜻밖의 반응에 놀란 건 오히려 나였다. 내가 혹시 실수했나? 저들은 내게 어떤 말을 듣기를 원했던가.

"그럼, 사진은 남들에게 알리기 위한 의도 하에 찍었다고 볼 수 있나요?"

"엄밀히 따지면 그렇다고 볼 수 있죠."

"그럼, 선생님의 작품 중에 '어떤 표정'은 사회에 알리기 위해 일부러 계산에 넣고 찍은 사진이십니까?"

"그렇지 않습니다. 우연히 찍게 되었고 정말로 뜻하지 않게 신문에 실린 공모전을 보고 사진전에 응모하게 되었습니다."

"그 사진을 찍게 된 배경을 좀 자세하게 알려주실 수 있으신가요?"

"배경요? 어떤?"

"그 사진 속 주인공은 어떻게 알게 된 사람인가요? 친구인가요?"

"친…구는 아니고요…."

"친구가 아니라면 어떤 관계였나요?"

"그… 관계는 설명하기가 곤란한데요."

"배경을 설명하지 못하시는 이유가 있습니까? 그 사진이 연출이라는 말도 있던데 그 부분은 어떻게 설명을 하실 수 있으신가요?"

"연…출이요?"

입을 다물었다. 내가 입을 다물어버리자 사람들은 또다시 웅성거리기 시작했다. 난 그 순간 깨달았다. 마침내 내가 두려워했던 일과 직면했음을. 미끄러져 흘러내리는 안경을 손으로 추켜올렸다. 저들은 지금 내가 과거에 X축이었냐, Y축이었냐를 끄집어내려고 하고 있었다.

"물론 작품에는 배경이 작용하는 건 사실입니다. 어떤 사람에겐 문화가 그 배경이 될 수 있겠고 어떤 사람에겐 종교가 그 역할을 할 수도 있을 겁니다. 그것이 일관되게 표현될 때 스타일이라는 하나의 흐름을 형성하는 것도 사실입니다. 그런데 그 배경만 가지고 작품을 평가하려고 한다면 그건 작가의 의도를 축소시키는 겁니다. 물론 제 작품에도 공간적인 배경과 시간적인 호흡이 존재합니다. 하지만 그건 지극히 개인적인 일이라서 밝히고 싶지 않은 것뿐입니다. 그리고 여러분은 지금 퓰리처상의 권위를 끌어내리고 있습니다. 그건 어떤 이유로도 용납이 안 되는 부분입니다. 제 작품이 연출됐다고 여겨지면 직접 주최 측에 저의 수상에 대해 이의를 제기하십시오. 이런 식으로 사람을 몰아가는 것은 명예훼손에 해당하는 일이며 대답할 일고의 가치가 없다고 생각합니다. 죄송합니다만 오늘의 기자회견은 이것으로 끝내겠습니다. 저는 여러분께 보여줄 게 없습니다. 저에 대해 알고 싶으시면 제가 찍은 사진을 보십시오. 거기에 저의 언어들이 있습니다."

더는 그 자리를 지키고 있을 수가 없었다. 비겁하지만 조앤 플린이라는 가면을 지금 벗을 수는 없는 일이다. 내가 겸연쩍은 미소를 지으며 자리에서 일어나자 기자들은 술렁거렸다. 그리곤 일제히 방금 질문한 기자에게 비난의 야유를 보냈다.

"뭐 하러 쓸데없는 질문을 해서 파장을 만들어!"

내빈석에 앉아있던 초청 인사들도 떨떠름한 표정을 지으며 내가 내미는 손을 잡았다. 결례를 범했음을 인정하는지 모두들 우왕좌왕하기만 했다. 그들 중 유독 한 사람만이 나를 주시하고 있다는 걸 미처 눈치채지 못했다는 것이 실수라면 실수였다. 수행원만 나를 따라왔을 뿐 아무도 회견장을 떠나는 나를 붙잡지는 못했다. 다들 싱겁게 끝나버린 회견장을 떠난 후에도 어떤 남자가 호텔 프론트에서 내가 묵고 있는 방 호수를 물어봤다는 걸 내게 알려주는 사람은 없었다. 설사 누군가 내 방문을 두드렸었다 해도 난 알아차리지 못했을 것이다. 미국 떠나기 전부터 시작됐던 여러 날의 누적된 피로가 한꺼번에 몰려들어 아침에 전화벨이 울릴 때까지 깊은 잠에 빠져들었다.

"헤, 헬로…우."

"호텔 로비에서 어떤 사람이 선생님을 찾으십니다."

"이 아침에요? 누가요?"

"지금 호텔 로비에서 기다린다고 했으니 내려오세요."

누구지? 이 이른 아침에. 날 아는 사람이 없을 텐데.

호텔 로비에 들어선 나는 멀뚱하게 서있었다. 누가 나를? 그가 입고 있는 낡은 코트처럼 나이가 예순은 훨씬 넘어 보이는 남자가 나를 향해 손을 흔들었다. 나는 그를 향해 걸어갔다.

"앉으세요. 저, 혹시 양미래 씨 아닌가요?"

"네?"

"놀라실 것 없습니다. 제가 옛날 모습을 기억하고 있거든요."

"실례지만 누구시지요?"

"아, 저를 몰라보시는군요. 하긴, 저를 기억 못 하는 게 당연하지요. 저는 공간일보 장일춘 발행인입니다. 제가 30여 년 전에 서대문구보를 만드는 일을 하던 기자였더랬습니다. 지금은 서대문구가 은평구로 바뀌었죠. 세월이 흐르니 지역명칭도 바뀌는군요. 어제 기자회견 장소에 참석을 했는데 암만 봐도 낯이 익다 생각을 했죠. 그리고 집으로 돌아가다가 퍼뜩 이 사진이 생각이 나더군요. 이 신문기사를 보시면 기억이 나실 텐데…."

그는 가방을 열고 누렇게 변색된 신문지 한 장을 내밀었다.

'요셉이 마리아를 업다'

그 신문의 사진은 서대문구보에 실린 한 남자아이가 축 늘어진 여자아이를 업은 흑백사진이었다.

"이, 이 사진은?"

"기억하시는군요. 제가 그때 거기에 있었잖아요."

"자, 잠깐만요."

그가 내민 신문에 실린 사진은 찬우였다. 찬우가 나를 업고 뛰고 있었다. 그러면 찬우가 나를?

"놀라셨나요?"

"아, 아니. 지, 지금. 제가 조금 갑작스런 일이라 당황이 되어서…."

"그러시겠죠. 하지만 다 지나간 일인데요. 이제 와서 알려진다고 뭐, 사람들이 관심이나 갖겠어요? 참, 그래도 대단하시네. 어떻게 양미래 씨가 이렇게 대단한 인물로 성장했는지. 정말 특종감이에요. 그 아버지란 분… 도 대단했죠?"

"죄, 죄송합니다. 제가 오늘 아침에 문체부 장관하고 오찬모임이 있어서 지금 가봐야 합니다."

"아, 그러세요. 그럼 하는 수 없지요. 가야지. 내가 그때 그 뒤치다꺼리 하느라 혼이 났는데…. 진실은 알려주어야 하기에 찾아왔던 겁니다. 시간 나면 연락 주시죠."

그는 낡은 신문지를 주섬주섬 접어 가방 안에 집어넣으며 자리에서 일어났다. 그리곤 명함을 꺼냈다.

"제 명함입니다. 앞으로 필요하실 겁니다. 갖고 계세요."

"…."

성장이 끝난 어른의 모습에서 성장판이 늘어나기 전의 아이의 모습을 떠올린다는 건 타고난 직관력 아니면 알 수 없는 일이다. 관록이 붙은 노 기자의 직관력은 정확하게 나를 짚어냈다. 나를 알아봤다는 장일춘이라는 남자의 존재. 어렴풋이 생각이 났다. 그도 나처럼 과거의 언저리를 훑고 다녔던 건가? 무엇 때문에 나를 기억하고 있는지 따져볼 겨를은 없었다. 서둘러 장 기자와 헤어지고 숙소로 돌아온 나는 침대에 누웠다. 눈을 뜰 수가 없었다. 눈을 뜨면 바로 내 앞에 장 기자가 서 있을 것만 같았다.

내 몸 위로 실리는 육중한 무게. 누군가 내 몸을 덮었다. 무게감을 느끼는 동시에 코끝에 비닐 봉투 타는 냄새가 느껴졌다. 꺼져가는 목소리로 나는 엄마를 나지막이 불렀었다.

엄, 마.

죽은 겨레의 얼굴이 내 앞에 잠깐 나타났다가 사라졌다. 늪에 빠져들어 가는 것처럼 온몸은 점점 땅바닥으로 기어들어 가는 것만 같았다. 들판에서 불에 구워 먹었던 방아깨비가 나를 눌렀다. 땅 여기저기에 구멍을 뚫고 개미들이 지나다니던 그 구멍을 막고 물을 뿌려 한꺼번에 죽었던 개미군단들이 까맣게 몰려왔다. 소금을 뿌려 뒤틀리며 죽어갔던 지렁이가 거미다리를 달고 쫓아왔다. 숨을 쉬고 싶었지만 목구멍이 막혀왔다.

실패한 어른들. 그건 재앙이었다.

공허하고 혼돈된 수면 위를 걸었던 조물주의 심정이 그랬을까. 세상이 창조되기 전의 세상은 그렇다 쳐도 다 만들어진 세상을 살아가는 어른들은 시끄럽고 어수선했다. 실패한 기운이 운집해있는 곳에도 싹이 틀 수 있다면 그건 독박골에 사는 우릴 두고 하는 말이다. 인생이 난장판이 된 어른들은 스스로의 분풀이를 해결하지 못해 시도 때도 없이 절규했다. 그런 어른들 틈바구니에서 보고 배운 것이 고작 실패뿐이라면 그것도 어쩔 수없는 일이다. 다행히도 독박골의 겨울 햇살은 늘 풍부하고 따뜻했다. 그 햇살은 어린 가슴에 퍼져 든 고독을 다독여주었다. 그 덕에 주눅은 들지 않았지만 가슴이 멍든 아이가 어른들의 저항을 피하는 방법은 숨을 죽이고 사는 것이었다. 나를 지켜보기만 했던 엄마처럼.

누가 나를, 옮겼는지는 모른다. 눈을 뜨고 보니 병원이었다. 환자복을 입고 엄마가 떼꾼하게 나를 바라보고 있었다. 엄마도 같은 병원에 입원 중이었다.

"엄…마."

"그래, 이제 정신이 드냐?"

"아…버…지는…?"

"…."

"엄마, 아…버지가, 목사님께 칼…을 휘두르고 불…을 질렀어."

"흑…. 내 죄가 크다."

눈을 떠도 눈을 감아도 나는 병원이 아니라 불이 붙던 그 끔찍한 장소에 있었다. 불이 치솟는 불기둥이 떠올라 풋잠을 자도 헛소리를 하며 식은땀을 흘렸다. 집으로 돌아와서도 나는 악몽 속에서 헤어나질 못했다. 퇴원을 했지만 나는 학교에 가지 않았다.

경찰이 우리 집에 찾아온 것은 내가 병원에서 퇴원하고 며칠이 지나서였다.

"계십니까?"

"누구세요?"

"여기 천막교회에 다녔던 학생이 있다고 해서 왔는데요. 몇 가지 물어볼 말이 있어서요."

"우리 미래요? 지금 미래는 학교에 가고 없는데요."

엄마는 내가 학교에 갔다고 둘러댔다. 엄마의 거짓말이 탄로 날까 봐 나는 방안에서 숨소리도 줄였다. 나는 아버지가 불을 지른 장본인이라는 사실을 알고 있는 목격자이기도 했다. 희생자가 생겼다면 그건 전부 아버지 탓이다. 그러니 입을 다물어야 했다. 만약 누군가 아버지를 봤다고 증언을 한다면 우리도 더 이상 동네에서 살 수가 없었기 때문이다.

"벌써, 학교엘 갔어요? 별로 다친 데가 없나 보죠? 사건조사를 위해 증언이 필요합니다. 미래 학생이 화재 현장에 있었다던데…."

"그, 그렇기 하죠…."

"혹, 어머님께서 이번 화재에 대해 미래 학생에게서 들은 게 있으신가요?"

"미래에게 별로 들은 말이 없어요. 그 경황에 어린애가 뭘 보았겠어요?"

"사람들은 어떤 남자가 목사에게 칼을 휘둘렀다고 하던데요?"

"글쎄요. 나중에 미래가 집에 오면 물어볼게요."

"이거, 목사라는 사람한테서 수상한 냄새가 나는데…? 원한이 있지 않고서야 목사한테 칼을 휘두를 수는 없는 노릇이잖아? 혹시 그 목사라는 사람 이름을 알고 계시나요?"

"잘 모르겠어요."

"아주머니도 그 교회에 다니세요?"

"네, 저… 잠깐…동안."

"그런데 목사 이름을 몰라요? 혹시 그 목사라는 사람에게서 수상했던 점은 못 느꼈나요?"

"잘… 모르겠는데요."

"알겠습니다. 다시 들리겠습니다."

"네, 그렇게 하세요."

철컹. 철 대문 닫히는 소리가 온 동네에 울려 퍼지는 것만 같았다. 엄마가 하얘진 얼굴로 방안으로 들어왔다.

"미래야, 아무래도 이 동네를 당장에 떠나야 할 것 같다. 내가 지금 나가서 복덕방 아저씨에게 방을 내놓고 올 테니 너는 대충 짐을 챙기고 있어라."

상황이 급박해졌다. 이제 동네 사람들은 불을 지른 사람이 아버지라는 건 곧 알게 될 것이고 그건 더 이상 독박골에서 발붙이고 살 수가 없음을 뜻했다. 엄마는 허겁지겁 신발조차 제대로 신지 못하고 질질 끌며 문밖으로 나갔다. 내 몸도 덜덜 떨려왔다. 엄마는 밤 11시가 넘어서 돌아왔다. 밤늦도록 오지 않는 엄마를 기다리느라 나는 애가 탔다.

"동네 사람들 눈에 띄는 것도 신경이 쓰여 거리를 나다닐 수가 있어야지. 간신히 새벽에 짐을 옮겨줄 사람을 구했어. 야반도주를 또 해야 하다니…."

엄마는 이불을 싸고, 옷가지를 꾸렸다. 부피가 큰 장롱은 어쩔 수 없이 두고 갈 수밖엔 없었다. 맨 처음 독박골에 이사 왔을 때처럼 우린 또 새벽에 동네를 떠나게 되었다.

나는 독박골을 떠나기 전 마지막으로 공터에 갔었다. 계곡 사이를 빠져나온 겨울바람은 매서웠다. 바람은 얼굴을 쥐어뜯으며 뺨을 훑고 지나갔다. 툭. 갑자기 어둠 속에서 물체가 튀어나와 사라졌다. 고양이인지, 똥개인지 모를 생명체였다. 옴마야, 깜짝 놀랐네. 독박골 토박이가 이까짓 것에 놀라다니. 하지만 '떳떳하지 못한 사람은 솥뚜껑에도 놀라는 법이라'고 했던 외할머니 말씀이 생각났다. 지금 나는 아이들에게 마지막 인사도 못 하는 처지에 있지 않은가. 죄가 없다면 이렇게 동네를 떠나야 할 일도 없었겠지.

어둠이 가득 찬 공터는 황량했다. 군데군데 시커멓게 탄 흔적만 남아있었다. 아직도 귓전에 사람들의 아우성소리가 들리는 것 같았다. 눈앞에 불이 훨훨 타오르며 무대배경으로 붙인 종이가 불에 붙어 오징어처럼 구부러지는 환영이 보이는 듯했다. 눈물이 뚝뚝 떨어졌다.

"찬우야!"

"희옥아!"

"병찬아!"

허공에 대고 목청껏 친구들 이름을 불렀지만 대답 대신 휘익 바람 소리만 들렸다. 지붕이었던 천막조각이 푸들푸들 떨더니 바람과 함께 날아갔다. 난 목이 쉬도록 친구 이름을 불렀다. 바람이 맞대꾸를 하듯 윙윙거렸다. 가슴이 저려왔다.

"나, 돌아올게. 꼭 돌아올게. 미안하다. 얘들아."

꿈꾸는 사마리아 인

거울 앞에 앉았다. 양미래. 그래, 너는 양미래야. 어깨까지 내려온 머리카락을 모아 틀어 올렸다. 연륜이 느껴지는 머리 스타일이다. 나이가 들어 보이긴 했어도 단정해 보이긴 했다. 머리카락 한 올도 삐져나오지 않도록 헤어크림까지 발랐다. 진주 귀걸이를 귀에 걸었다. 팔뚝이 드러나는 민소매 블랙 원피스에 같은 톤의 망사 가디건을 걸쳤다. 낯선 사람들. 특히 이름 뒤에 서너 개의 직함이 따라붙어 있는 사람들. 그런 종류의 사람들을 대하는 자리는 편하지 않다. 행동에는 반드시 동기가 있다는데 이 부담감은 어디서부터 시작됐는지 모르겠다. 아마도 자격지심이겠지. 지적 교양이 나보다 월등한 사람들 앞에 나섰다가 망신을 당할까 두려웠다. 심성 고약한 사람이 내 과거를 끝까지 물고 늘어질 수도 있다. 자칫하면 감추려고 해도 과거의 신분이 탄로 날 수도 있었다. 게다가 기자회견 때의 불쾌함이 가시지 않아 장관과의 접견자리는 영 내키지 않았다. 그래도 공식적인 일정으로 잡힌 자리니 피할 수도 없었다. 불편한 심기 때문에 마음까지 굳어버린 내 표정은 블랙 원피스만큼이나 어둡고 그늘졌다. 마지막으로 검은색 뿔테 안경을 쓰고 방을 나섰다.

접견장에 들어서자 우르르 사람들이 일어나 나를 맞이했다. 나는 단아하게 입매를 올리며 차분한 미소를 지었다. 남들이 보면 정말로 웃고 있다고 착각할 정도로 편안한 표정을 지었다. 표정을 바꾸니 다소 어색함도 누그러드는 듯했다.

"서울의 어느 곳을 찍으실 예정이세요?"

"아직, 구체적으로 정하진 못했습니다. 제가 워낙 오랫동안 한국을 떠나있어서 뭐라 말씀드릴 수가 없네요."

"아마 사진 찍으시기 어려울 것입니다. 찍을 만한 곳이 별로 없어요. 삭막한 아파트만 찍는다면 모를까."

"맞아. 마땅하게 서울 하면 떠오르는 장소가 없어."

"이 사람아, 그러니까 우리가 서울에 남아있는 아름다운 곳을 찾아내자는 게 아닌가?"

"저희는요. 서울을 개발하자는 게 아니고 우리가 발견하지 못한 곳을 찾아내는 것이 이번 기획의 목적입니다."

"아무튼 멋진 장소를 찾아주시길 바랍니다. 조앤 플린 씨."

"영혼이 부서진 사람에게는 아름다움이 보이지 않는 법이죠."

"네? 무…슨 말씀이신지요?"

"벌거숭이 임금님 이야기 아시죠? 아름다움도 그런 거예요. 어떤 사람에겐 보일 수도 있고 어떤 사람에겐 전혀 보이지 않을 수도 있죠."

"벌거숭이 임금님? 기가 막히십니다. 동화에 미학을 비유하시다니 조앤 씨는 아이처럼 순수하신 것 같습니다."

"그런가요?"

순수? 그럴지도 모르지. 순수함은 육체가 아니라 영혼의 문제였으니. 챙은 끊임없이 나에게 자신의 영혼이 파괴되고 있었음을 호소했었다. 나에게서 어린 시절에 대해 들려달라고 뜬금없이 말을 꺼냈던 것도. 가족에게 돌아가고 싶다고 누누이 말했던 것도. 실상은 그녀가 나락으로 떨어지고 있음을 수시로 내게 알리는 신호였다. 하지만 난 그녀의 절망을 눈앞에서 대면하고도 알아차리지 못했다. 내가 서울 거리를 일 년 동안 뒤지고 다닌다고 아름다운 곳을 찾을 수 있을까? 설사 그곳이 아름다운 곳이라고 해도 그것을 보는 사람이 공감하지 못한다면 그건 아름다운 장소는 아닐 것이다. 마음이 무거워졌다. 내가 원하는 것이 아닌 사람들이 원하는 곳을 찾아내야 한다는 강박증이 피곤함으로 몰려왔다. 웃으며 그들이 건넨 명함은 받아들긴 했어도 내가 그 사람들의 속마음을 알 수 없듯 서울은, 알 수 없는 도시가 되어버렸다. 챙의 말대로 도시는 사람의 영혼이 빚어내는 건지도 모른다. 사람 따라 생겨난 거리는 사람과 함께 늙어가고 발자국 따라 자리 잡은 골목은 사람을 닮아가야 하는데. 군대 막사처럼 똑같은 모양으로 지어진 건축물에서 어떤 영감을 끄집어낼 수 있을지 답답했다.

"앞으로는 이 행정원이 선생님을 모실 겁니다. 서울 지리에 익숙하지 않으실 테니 이 친구의 도움을 받으셔야 할 겁니다. 뭐든지 부탁하세요."

"아, 그러세요? 잘 부탁합니다."

"선생님! 저는 이명훈이라고 합니다. 영광입니다."

"오히려 제가 너무 고맙지요. 하긴 서울이 너무 달라져서 밖으로 나서기가 겁이 났었습니다."

"우선 인사동에 가실까요? 외국인이나 타국에서 오래 사시다 오신 분들이 한국에 오면 제일 먼저 그곳을 찾거든요. 그리고 그 부근의 대학로에 가시면 연극공연도 있고, 볼거리들이 많아요."

"연극?"

움칫. 나도 모르게 조건반사에 가까운 놀란 표정을 지었다.

"연극 좋아하세요?"

"아니, 그건 아니고…."

한때 나는 연극배우를 꿈꾸었다. 어린 시절에 품는 꿈이라는 게 물거품 같은 것이긴 하지만 좋아하는 정도가 아니고 어쩌면 목숨을 담보로 온몸으로 매달렸을 일이다. 연극은 나에게 어떤 사람이 되고 싶다는 포부를 처음으로 품게 했다. 하지만 지금은 반대다. 성취되지 못한 좌절 뒤에 오는 반응은 죽도록 미워하거나 냉소적으로 외면하게 된다.

"우선… 다른 곳부터 먼저 볼까요?"

"그러시겠어요?"

하지만 세상이 넓고도 좁다는 말은 이런 경우를 두고 하는 말이리라. 대학로 진입로에서 장일춘 기자와 마주치게 될 줄은 정말로 뜻밖이었다. 가방 무게 때문에 한쪽 어깨가 시소처럼 기울어진 그가 나를 먼저 발견했다. 그가 나를 미행했다고 눈치챌 수 없을 정도로 장 기자는 늙은 여우처럼 내 앞에 나타났다.

"여, 이게 누구야! 조앤 씨! 어, 동행이 있으시네. 실례합니다."

"뜻밖이군요. 여기서 다시 뵙게 되다니요."

"어디를 가시는 중이신가요?"

"글쎄요. 아직 결정하지…."

"그래요? 그럼 저를 따라오세요. 제가 기가 막힌 연극을 보여드릴게요."

"연극이요?"

"연극도 보고 사람도 만나고."

"사…람이…요? 어떤?"

"아마, 깜짝 놀랄 겁니다."

내가 깜짝 놀라야 할 사람이라니. 이 서울 땅에 내가 깜짝 놀라야 할 사람이 있는 건가? 더는 되묻지 않았다. 그냥 하는 소리겠지. 장 기자는 내 의사는 묻지도 않고 앞장섰다. 나는 내키진 않았지만 어물어물 그의 뒤를 따랐다. 어차피 딱히 정해진 일정도 아니었으니 어떤 걸 보더라도 감흥은 마찬가지일 거라고 여겼다. 그는 연극 포스터들이 빼곡히 붙어 있는 골목을 돌아 공원 맞은편 빌딩 지하에 있는 극장으로 우리를 안내했다. 공연시간이 되질 않아서 그런지 출입구는 잠겨 있었다.

"저기, 공원에서 잠깐 앉았다가 공연시간에 맞춰서 오는 게 낫겠어요. 다들 이쪽으로 오시죠."

마침 공원까지 가지 않아도 길가에 벤치가 놓여있었다. 우리는 그곳에 앉았다. 장 기자는 달변가였다. 그가 처음 만나는 사람과도 스스럼없이 대화를 이어갔던 것은 아마도 기자라는 직업 때문이었을 것이다. 그는 쉴 새 없이 한국정세와 세계정세를 비교분석하며 우리들에게 설명했다. 그는 가보지 않은 미국의 불황을 분석했고 터키과 쿠르드족과의 내란에 대해 피력했다.

장 기자의 열변을 들으며 나는 인사동 거리를 눈으로 훑었다. 저마다의 이야기를 안고 사는 시민들이 가게로 들어가고 건물 안에서 나왔다. 햇살은 그들만의 이야기를 지닌 지붕 위에서 부서지고 있었다. 빵집이 있고, 마네킹이 세워진 옷가게를 지나 길거리에 야채 상자를 늘어놓은 마켓을 바라보았다. 흰색 러닝셔츠를 입은 할머니의 축 늘어진 가슴만큼이나 거리낌 없는 거리에 조막만 한 꼬마들이 뛰어다니고 아슬아슬하게 그사이를 비집고 오토바이가 달렸다. 나는 물끄러미 그들을 바라보다 문득, 사람이 사람 구경을 하는 건 위법일까? 하는 의문이 들었다. 난 누군가를 빤히 바라보는 버릇이 있다. 기지촌에 사는 그녀들이 사내의 밑에 깔려 있을 때도, 나는 시선을 거두지 않았었다. 그들은 그렇게 살아가야 한다고 했다. 그것이 그녀들의 생존 방법이었기에 그들의 삶을 인정해야 했다.

"야! 그렇게 쳐다볼 거 없어. 멀쩡하게 옷 빼입고 다니는 것들도 옷 벗으면 다 우리처럼 놀아. 그것들은 흥분되면 소리 안 지른다던? 옷만 벗겨놔 봐. 개새끼들하고 똑같지."

그녀들 말대로 사람은 옷을 입으나 벗으나 정말 똑같은 것인지도 모르겠다. 사람 사는 거리의 풍광은 미국 LA라고 특별나진 않았다. 간판이 한글이냐 영어냐에 따라 동네 분위기를 좌우했지만 한인들이 만들어낸 LA 한인 타운은 서울의 거리와 흡사했다. 그래서 한국에 있는 나는 한국에 있는 건지 미국에 있는 것인지 분간이 가지 않았다.

"자, 이제 막이 오를 시간이 됐군요. 저리로 들어가시죠."

우리는 나무의자에서 몸을 일으켜 아까 그 건물로 들어갔다. 사람 하나 들어가기도 비좁은 입구에 종이박스가 올려있는 테이블이 마련되어있었다. 주머니에서 종이돈을 꺼내 박스에 집어넣으며 장 기자는 박스 앞에 앉아있는 남자에게 말을 건넸다.

"잘 있었어?"

"어! 오셨어요?"

"내가 사람을 좀 소개할게. 이분은 조앤 플린 씨라고 미국에서 온 유명한 사진작가야."

"안녕하세요."

"이쪽은 내가 오래전에 알고 지내는 친동생처럼 지내는 동생이에요. 그러고 이 남자분은…? 나도 오늘 처음 보는 사람인데 누구?"

"안녕하세요. 저는 플린 선생님 수행원입니다."

"안녕하세요."

모자를 깊게 눌러쓴 남자는 내 얼굴을 쳐다보지도 않고 꾸벅 인사를 했다. 무관심한 듯, 아니면 외면하는 듯. 남자의 태도를 눈여겨보았던 건 일그러진 입매 때문이었다. 화상 흔적처럼 입술은 얼굴피부와 엉겨붙어있었다. 모자를 깊게 눌러썼지만 오그라든 피부는 가려지지 않았다.

"자, 자, 이제 안으로 들어갑시다. 연극이 곧 시작할 겁니다."

관객은 우리를 포함해서 열 명도 안 됐다. 공연시간이 임박해지면 좀 사람들이 많아지려나? 연극은 재미가 없었다. 서양사람 흉내를 내기 위해 금발 가발을 쓴 것도 마음에 들지 않았지만 서부시대를 연상케 하는 복장도 영 마음에 들지 않았다. 프로의 근성을 온몸으로 보여주는 기지촌 그녀들은 문어다리가 빨판을 붙이듯 세상에 바짝 붙어서 살아가야 한다고 누누이 강조했다.

"야! 이년아, 너는 밥만 먹고 하는 짓이라곤 남자 좆 대가리 빠는 게 전부이면서 그런 놈 하나 비위를 못 맞춰? 프로답게 해. 너 같이 서투르게 엉덩이를 돌려대면 어떤 놈이 돈을 주겠냐?"

그녀들은 억척이었다. 남자에게 지폐 한 장이라도 더 얻어내기 위해 몸싸움도 불사했다. 가끔 화대를 지불하지 않고 도망치려는 작자가 생기면 떼로 몰려들어 혼쭐나게 만들어버렸다. 최선을 다하지 않은 사람들을 그녀들은 무시했다.

"저 먹충이들, 밥 처먹고 하는 짓이 정치면서 정치를 조따구로 하냐? 에고, 저것도 연기라고 하고 자빠졌네. 얼굴이 아깝다. 어째 인간들이 사는데 저리도 성의를 안 보이냐."

그녀들의 악착같은 생존방식 때문에 나는 여태 세상에 발을 붙이고 사는지 모르겠다. 그렇지 않았다면 벌써 이 세상을 등졌을 것이다. 챙처럼.

진리는 특별하거나 먼 곳에 있지 않았다. 성공도 특별한 게 아니었다. 물질이 있느냐 없느냐, 가치가 있냐 무가치하냐 구분 짓는 것도 의미가 없는 일이다. 보편적인 것은 보편적인 대로 특별한 것은 특별한 대로 진리였다. 맨몸으로 세상을 사는 여자들의 삶은 그녀들의 방식대로 최선이었다. 연극배우가 되지 못했다고 해서 나는 실패자는 아니었다. 과연 내가 연극배우가 되었다면 어떤 모습이 되었을까. 그리고 그 꿈을 잃지 않았다면 어른이 되어서 나는 과연 연극배우가 될 수는 있었을까?

"옛날에 어떤 사람이 있었어요. 그 사람이 길을 가다가 강도를 만나 얻어맞고는 정신을 잃고 쓰러졌어요. 마침 그 길을 지나던 사마리아 사람이 있었는데 쓰러진 사람을 여관에 데려다주고는 치료비를 건네주며 '내가 일을 마치고 올 때까지 이 사람을 잘 돌봐 달라'는 부탁을 하고 갔어요. 만약 그 사마리아 사람이 길에 쓰러진 사람을 그냥 모른 척했다면 그 강도 맞은 사람은 어떻게 되었을까요?"

"주~욱었어요."

우리는 약속이나 한 듯한 목소리로 일제히 목청을 높였다.

"맞아요. 우리는 늘 어려운 사람들을 만나면 모른 척하지 말고 돌봐줘야 해요."

"목사님, 우리 아버지가 그러는데요. 자기 먹고 살기 바쁘면 남을 돌볼 수가 없는 거래요. 맨날 친척들이 지들 먹고 사는 것만 챙기지 돈 한 푼 안 보태 준다고 욕하고 그랬어요."

손을 번쩍 들고 말하는 병찬이의 엉뚱한 소리에 희옥이도 맞는 소리라고 맞장구를 쳤다.

"우리 엄마도 그랬어. 지난번에 학교에서 크리스마스 때 불우

한 이웃을 돕는다고 성금 가져오라고 했는데 우리 먹고살 것도 없는데 뭔 놈의 성금이냐고 날 막 때렸어요."

"그랬어요? 그래도 여러분은 열심히 공부해서 좋은 직장에 취직해서 남을 도와줄 수 있는 위치가 되도록 노력해야 해요."

"…."

그건 숙제를 하지 않아 매 맞는 일보다 더 무서운 말이었다. 독박골에서 공부를 잘한다는 건 불가능한 일이었기에. 난 난생처음 내 장래에 대해 생각해보았다. 이다음에 커서 나는 무엇이 될까? 그러나 무엇이 되는 것보다 과연 그 무엇이 될 수 있을지가 더 염려되었다. 독박골에서는 아무도 그 무엇이 되기 위해 살지 않았기 때문이다.

연극공연이 끝나고 밖으로 나왔다. 사람을 소개시켜준다고 엉뚱하게 연극을 보게 했던 장 기자는 약속이 있다며 붙잡을 새도 없이 우물우물 빌딩을 끼고 황급히 사라졌다.

"싱거운 분이시네."

"저분 잘 아는 분이세요?"

"글쎄… 잘 안다고 하기도 그렇고, 모른다고 하기도 그렇고. 저, 오늘은 이만 헤어졌으면 하는데…."

"괜찮으시겠어요?"

"숙소로 돌아갈 때 택시 타면 돼요. 만약 부탁할 일이 있으면 연락할게요."

수행원과 헤어진 나는 다시 연극을 보았던 소극장으로 향했다. 출입구 문의 손잡이를 흔들었으나 어느 틈에 잠겨 있었다.

"여보세요, 여보세요."

철문을 텅텅 두드렸다. 철문에 붙어있는 종이포스터가 움켜쥔 손바닥에 어긋나게 밀리면서 찢어졌다.

"거기 누…구요?"

누군가 지하 계단 아래를 내려다보며 내게 소리쳤다.

"혹시, 연극 하시는 분 중 아무하고나 만날 수 없을까요?"

"오늘은 공연이 다 끝났나 봐요. 가끔 연습하느라 밤에도 사람들이 있는 것 같던데 오늘은 아무도 없나 보지요? 밥 먹으러 갔나?"

나는 다시 지상으로 나와 아까처럼 공원 앞에 놓인 나무의자에 앉아 건물을 바라보았다. 벤치에 앉아 건너편 상점 유리창을 바라보았다. 거기엔 세월도, 시간도 잊어버린 예전의 내가 아닌 지금의 내 모습이 비춰졌다. 내가 양미래라고 밝히지 않으면 알아보지 못할 정도로 나는 어른이 되었다. 그런데 장 기자는 어떻게 나를 알아봤던 건가. 늙은이의 직관력이라니. 직업 때문에 발달된 능력이겠지. 나도 그 직관을 믿어보기로 했다. 만약 내 예감이 맞는다면 확인을 위해서라도 누구라도 만나야 한다. 꼼짝없이 앉아있기를 두 시간. 젊은 남녀들이 우르르 건물 지하로 내려갔다. 나는 얼른 그들 뒤를 따라갔다. 그들 중 한 남자가 열쇠를 문구멍에 끼우고 있었다.

"저, 말씀 좀 묻겠습니다. 혹시 아까 여기서 입장표를 받던 모자 쓴 남자분을 만날 수 있을까요?"

"찬우요?"

"네? 누구라구요?"

"찬우를 찾으시는 거 아닌가요? 니들 찬우 못 봤니?"

"아마, 지금쯤 집으로 갔을걸?"

"저, 그럼 그 집주소를 알 수 있을까요?"

"저희는 잘 모르는데요."

"그, 그럼 제가 연락처를 남길 테니까 그분께 꼭 좀 전해주세요. 아, 아니 그 사람 핸드폰 번호를 좀 알려주세요."

"여기 있어요. 이 번호로 연락을 해보세요."

종이에 적혀있는 이름은 분명 '정찬우'라고 적혀있었다.

택시를 잡아타고 숙소로 향했다. 마음이 조급해졌다. 자동차 불빛이 길고 느리게 이어졌다. 더러는 파묻히고 더러는 잊혀서 이제는 앙상한 골격만 남은 회억들이 더디게 흘러가는 불빛과 함께 춤을 추고 있었다. 점점이 불꽃처럼 허공에 찍힌 조명불빛은 시들어가는 사람들의 함박웃음 위에 쏟아져 내렸다. 복잡한 거리를 벗어나 캄캄한 호텔 방안에 들어서자 마치 무도회장을 빠져나온 듯 눈앞에 어른거렸던 잔영도 쓸쓸하게 사라지고 왈칵 슬픔이 안겨들었다.

가방을 열어 종이쪽지를 펴들었다. 또박또박 글씨를 쓰듯 힘을 주어 전화기 버튼을 눌렀다. 그리고 잠시 후, 귓전에 신호가 가는 소리가 들렸다. 뚜우, 뚜우. 한 번, 두 번, 세 번. 가슴이 뛰기 시작했다. 혹시나 연결이 안 되면 어떻게 하나 불안해지기 시작했다. 그리고 잠시 후.

"여보세요."

남자의 목소리가 들리자 숨이 멎었다.

"…."

"여. 보. 세. 요?"

저쪽의 억양이 조금 높아졌다.

"차, 찬우니?"

"누…구?"

"나, 미래야."

"미래?"

"너…, 독박골 미래 잊었어?"

나도 모르게 목소리 억양이 올라갔다. 내 이름을 대면 단박에 알아볼 줄 알았는데 나를 전혀 기억하지 못하다니. 나는 찬우가 나의 존재를 잊었다는 데 묘한 반발심이 일어났다.

"미, 미…래라구?"

"그래, 나, 미래야. 양미래."

"…."

"…."

공기 중에 노출된 과자의 눅눅함처럼 습기를 머금은 침묵이 흘렀다. 나도 좀 전까지만 해도 망설이기도 했다. 막막했고 무슨 말을 꺼낼까 고심했다. 낭만적인 감정을 기대했던 것은 아니었다. 이런 분위기일 거라고는 전혀 예측하지 못했다. 내가 오랫동안 그리워했던 만큼 그 시간을 응축시킬만한 강렬함이 끓어올라야 했다. 좀 더 극적이라면 마땅히 눈물이 흘러내렸어야 했다. 건조했다. 덤덤했고 아주 지루했다. 잔뜩 이물질이 껴있어 더는 가까이 다가갈 수 없는 답답함이 느껴졌다. 뭉텅뭉텅 공기마저 압축기에 빨려 나간 공간에는 연민도 애틋함도 그 어떤 그리움도 일어나지 않았다. 그 무미건조함에 나도 당황스러웠다. 상대방은 나를, 자신의 기억에서 지워버렸을 수도 있을 거라는 생각을 하지 못했다. 내가 붙들지 않으면 찬우의 존재는 금방이라도 비눗방울처럼 푹 하고 꺼질 것만 같았다. 그는 망설였고 나는 매달렸다.

"만나자!"

"나… 너 만날 수 없어."

"그게 무슨 소리야. 만나야 해! 내가 지금 네가 있는 곳으로 갈게."

"…."

만약에 찬우가 나의 연락을 반가워했다든지, 적극적으로 반응을 보였다면 오히려 내 쪽에서 몸을 뒤로 뺐을지도 모른다. 나는 그동안 마음속에 과거라는 화초에 물을 주며 쓰다듬고 괴로워했던 모양이다. 현실과는 상관없이 인조화초를 가꾸듯 마음속에 한 남자의 형상을 키웠을 수도.

뚝.

일방적으로 전화가 끊어졌다. 결국. 찬우가 먼저 전화를 끊었다.

나는 알지 못했다. 찬우에게는 왕방울만 한 눈물이 살고 있다는 것을. 울먹이느라 전화를 끊을 수밖에 없었다는 것을. 내가 살아온 세월만큼 그도 삶의 외줄을 타고 있었다는 것을. 찬우가 연극판에 머물고 있다는 건 나를 만나기 위함이라는 걸 전혀 짐작하지 못했다.

도시의 길바닥에 쓰러져본 경험이 있는 사람이라면 고향이 있다는 게 무엇을 의미하는지 짐작할 것이다. 오기로 버티고 선 정상 위에서 정작 바라보았던 것은 어린 시절에 올려다보았던 별빛이었다는 것을 말이다. 별들이 항상 그 자리에서 빛나고 있다는 게 얼마나 위안을 주었던지. 내게 독박골은 그런 곳이었다. 어쩌면 난 귀향을 꿈꿔왔는지 모른다. 떠나고 싶은 게 아니라, 애타게 돌아가고 싶었는지도.

라면 한 그릇

"얘들아! 요번에 곧 다가올 성탄절에 연극을 하려고 하는데."

"연극이요?"

"그래, 연극. 날씨도 춥고…, 이제 곧 겨울이 다가오는데 이 천막에서 예배를 보는 것이 힘들 것 같아서 말이야. 그래서 너희들의 도움이 필요하다. 동네 사람들을 이 천막교회 안으로 초청할 거야. 연극공연으로 헌금이 많이 걷히면 교회를 공터가 아닌 곳으로 옮길 수도 있거든."

목사님의 말에 우리는 고개를 끄덕였다. 할 일이 생겼다는 건 책임감이 따르긴 하지만 오히려 반가운 일이긴 했다. 동기가 부여되면 관심과 열의가 저절로 생겨나기 마련이다. 나는 마리아 역을 맡았고 찬우는 요셉 역을 맡았다. 여관 주인 역에는 병찬이가 맡았다. 천사역할은 희옥이가 하기로 했다. 우리는 매일 저녁 천막교회에 모여서 연습했다.

"빈방 있습니까?"

"이미 손님들로 꽉 찼습니다."

"지금 제 아내가 아이를 곧 낳을 것 같으니, 그러지 말고 묵을 방을 좀 주시오."

"글쎄요. 저기 말구유를 비워서 쓰면 모를까…."

"그러면 그곳이라도 쓰게 해주세요."

"그럼, 냄새는 나지만 그곳을 사용하도록 하세요."

"아…, 여보! 지금 아기가 나오려나 봐요."

"정말이요? 주인장, 빨리 좀 서둘러 마구간을 치워주세요."

연극은 소꿉놀이처럼 재밌었다. 잡초로 반찬을 만들고 황토로 밥을 담은 가짜 밥상을 차리듯 나는 아이를 낳는 장면도 실감 나게 했다. 나를 지켜보던 목사님이 나에게 칭찬을 하셨다.

"미래는 나중에 연극배우 해도 되겠어."

목사님의 칭찬 때문에 더욱 신이 났다. 하지만 성극은 연습만 한다고 될 일이 아니었다. 준비할 게 한두 가지가 아니었다. 우선 포스터를 만들기로 했다. 영화포스터처럼 근사한 포스터를 말이다. 그러려면 사진이 필요했다. 그러나 사진을 모으는 일도 쉽지는 않았다. 마리아와 요셉의 사진을 구할 수가 없었다. 찬우와 나는 머리를 맞대고 사진이 있을 만한 곳을 생각해내야 했다.

"어디에서 사진을 구하지?"

"사진관에 가보자."

찬우와 나는 제일 문방구 옆에 있는 행복 사진관으로 갔다. 문방구에서 공책 따위를 살 때 나는 사진관 앞에 걸려있는 가족사진을 힐끔 보았다. 나는 그 가족을 잘 안다. 매일 그 사진을 바라보았다. 교문으로 들어갈 때도 교문을 나설 때도. 나는 그 가족을 바라보았고 그들도 나를 물끄러미 바라보았다. 양복과 한복을 차려입고 사진을 찍은 그들은 넉넉하고 행복해 보여서 부러웠다. 가족사진 찍으려면 돈이 많이 들겠지? 우리 집 형편에 꿈도 꾸지 못할 일이다. 사진관 문을 열었다. 사진관 안에는 더 많은 가족들이 벽에 걸려 웃고 있었다.

"아저씨, 우리가 성모 마리아 사진을 구하는 중인데요."

"성모 마리아?"

"네!"

"여기는 사진을 파는 곳이 아니야. 사진을 찍어주는 곳이지."

"그렇구나."

"달력을 인쇄하는 인쇄소를 가보렴. 간혹 성모상 사진으로 달력을 만들기도 하거든."

그렇지. 달력! 우리는 톱밥이 날리는 목공소 옆에 있는 인쇄소를 찾아갔다. 인쇄기계가 갈고리처럼 덜컥덜컥 종이를 한 장씩 넘기고 있는 일층을 지나 이층으로 향하는 계단으로 올라갔다. 깨진 유리창을 뒤로하고 한 아저씨가 팔에 토시를 낀 채 전기스토브에 불을 쬐고 있었다.

"아저씨, 마리아와 요셉의 사진 구할 수 있어요?"

"마리아와 요셉? 이 녀석들아! 마리아를 찾으려면 성당엘 가야지 왜 인쇄소에서 찾아?"

그렇구나. 성당. 왜 진작 그 생각을 못 했지? 성당에 가면 마리아 사진을 구할 수 있을지 몰라.

"근데, 성당이 어디 있어?"

"저기 보이는 저 높은 탑이 있는 곳 아냐?"

버스 종점 부근에 높다란 탑이 있는 건물을 떠올렸지만 그곳이 성당인지 교회인지 확실치는 않았다. 일단은 그곳에 가보기로 했다. 신호등을 두 개 지나 버스 종점 맞은편에 스테인 글라스 유리창으로 장식된 건물로 갔다. 그곳은 성당이 맞았다. 지나칠 때는 몰랐는데 가까이에서 보니 성당 건물은 어마어마하게 컸다. 너무 웅장해서 들어갈 엄두가 나질 않았다. 우리는 성당 앞에 세워진 마리아 동상 앞에 쪼그리고 앉았다.

비둘기 한 마리가 포르륵 날아와 성모상 머리 위에 앉았다가 다시 하늘 저편을 날아갔다. 나와 찬우는 마리아상 발가락 앞에 앉아 사람들이 지나가는 것을 물끄러미 바라보았다. 주눅이 들어 성당을 찾아온 목적을 잊어버렸다.

"야, 이 성당 무지 크다."

"그런데 교회와 성당은 뭐가 달라?"

"성당은 신부님이 있는 곳이고 교회는 목사님이 사는 곳이지."

"그렇구나. 신부님이 믿는 하나님은 신부하나님이고 목사님이 믿는 하나님은 목사하나님이네?"

"그렇게 되나?"

"같은 하나님이면 왜 신부님 사는 곳과 목사님 사는 곳이 달라?"

"그러게…."

"찬우야, 넌 왜 교회 다녀?"

"천당 가게 해달라고."

"우린 죽으려면 아직 한참 남았잖아."

"알아, 근데 할머니가 돌아가실 날이 얼마 안 남아서 내가 대신 기도해주는 거야."

"할머니 때문에?"

"응, 할머니는 무릎이 안 좋아서 잘 걷지를 못하셔. 그래도 이번 연극을 할 때는 내가 모시고 교회에 올 거야. 아마도 내가 연극하는 모습을 보면 무척 좋아하실걸?"

"…."

찬우의 기도는 나와는 차원이 달랐다. 나도 엄마를 위해 기도를 한 적이 있었다. 동생 겨레가 죽고 나서 죽을 것만 같았던 엄마를 살려달라고 말이다. 그건 엄마를 위한 기도는 아니었다. 엄마가 없으면 홀로 남게 될 내 처지가 두려워서 했던 기도였다. 엄마가 천국에 가는 건 생각해보지 않았다. 단지 고아가 될지 모르는 두려움에 하나님께 엄마를 살려달라고 기도했는데 찬우는 할머니가 천국 가는 것을 위해 기도를 했다니. 나 같으면 혼자 살기 싫으니까 할머니를 살려달라고 기도했을 텐데 찬우는 고아가 되는 게 두렵지 않은 것 같았다.

"너, 만약에 할머니 돌아가시면 어떻게 해?"

"…."

찬우는 대답하지 않았다. 공연한 질문을 했나? 미안한 마음에 나는 엉덩이의 먼지를 털며 일어났다. 내가 몸을 일으켜 세우자 찬우도 따라 일어났다. 누가 먼저랄 것도 없이 신호등이 있는 건널목으로 향했다. 내 머릿속은 복잡했다. 뭐라고 딱 꼬집어 말할 수 없는 감정이 가슴 밑바닥에서 올라왔다. 나는 말도 용기가 있어야 할 수 있음을 알았다. 밀려오는 그 어떤 감정을 정확히 '이것'이라고 표현할 수 없는 건 마땅한 단어가 없어서가 아니라 감추고 싶어서였다는 것을 몰랐을 뿐. 그리고 둘러댔다.

"배가 고프다."

실은 그 반대였다. 우울했고 아주 슬펐다. 슬픔은 가슴에서 시작되는 거라고는 아무도 내게 알려주지 않았다. 눈물이 나오지 않은 슬픔은 그것 대신에 가슴이 너무 아팠다. 그래도 가슴이 아픈 것은 다행이라고 여겼다. 남에게 들킬 필요도 없이 몰래 아프면 되니까. 배가 고프다고 내뱉고 나니 정말 배가 고파졌다.

“찬우야, 우리 라면 사먹을래?”

“라면?”

찬우는 주머니에 손을 집어넣었다. 마치 돈을 꺼낼 것처럼.

“그냥 집…에 가자.”

“따라와. 내가 사줄게.”

나는 성큼 앞으로 나섰고 찬우는 내 뒤를 따랐다. 학교 앞에 있는 분식점으로 갔다. 테이블이 두 개밖에 없는 식당이다. 떡볶이를 주걱으로 뒤적이던 아줌마가 컵에 물을 담아왔다.

“아줌마, 라면 두 개만 주세요.”

“라면 두 개? 알았다.”

분식점 아줌마는 가스총으로 불을 켜고 뜨거운 물을 담은 냄비를 올려놓았다. 라면 물은 빨리 끓었다. 아주머니가 라면봉투를 찢어 마른 면을 끓는 물 속에 넣는 것을 찬우와 나는 물끄러미 바라보았다. 배고파서 말할 기운도 없었다.

“….”

“….”

아줌마가 긴 젓가락으로 익은 라면을 그릇에 나눠 담고 마지막으로 국물을 붓는 것을 보며 찬우는 성급하게 수저통에서 젓가락을 꺼냈다. 은색 쟁반에 라면을 들고 온 아줌마에게서 시큼한 식초냄새가 났다. 코앞에 풍겨지는 라면 국물냄새를 맡자 입안에 침이 고였다. 후르륵, 후르륵. 입술 안으로 라면이 빨려 들어가는 소리는 요란했다. 식초를 넣어 시큼한 라면국물까지 남김없이 들여 마셨다.

"휴, 이제야 살 것 같다."

"…."

"아줌마, 여기 잔돈 거슬러주세요."

"…."

잔돈을 받아 지갑에 동전을 집어넣는데 그제야 찬우는 입을 열었다.

"미래야."

"응?"

"고마워."

"뭐가? 라면 사줘서? 겨우 라면 한 그릇 사줬다고 아부하니?"

"그게… 아니고."

찬우는 무슨 말인가 하려고 하다가 결국 입을 다물었다. 대신 찬우의 귀밑이 발그스름해졌다. 찬우는 귀뿐이 아니라 뺨까지 벌겋게 색이 변했다. 나는 사람 얼굴을 가리켜 왜 살색이라고 하는지 모르겠다. 감정에 따라 얼굴색이 저렇게 바뀌는데. 까만 얼굴, 하얀 얼굴, 노란 얼굴, 보랏빛 얼굴, 누런 얼굴. 따져보니 얼굴 색깔은 셀 수 없이 많았다.

"…."

"바보."

나는 홱 몸을 돌려 분식점을 나섰다. 나는 찬우에게 바보라고 해놓고 키득 웃었다. 우리 사이에서 통하는 최고의 욕은 바보였다. 그런 욕을 찬우에게 했다는 게 미안하면서도 웃겼다. 바보. 등을 돌렸으니 내가 웃는 것을 찬우는 눈치채지 못했을 거다. 제대로 자신의 감정을 표현하지 못하니 찬우는 바보다. 자신이 하고 싶은 말을 못 하는 게 바보라면 나도 마찬가지다. 나도 지금 슬픈 건지, 즐거운 건지 잘 모르겠다. 그래도 찬우는 나처럼 엉뚱하게 배가 고프다는 말로 자신의 감정을 둘러대지는 않았다. 내가 듣고 싶은 말과 찬우가 하고 싶은 말이 달랐을 뿐이다. 찬우와 나는 서먹하게 한참 동안 아무 말도 하지 않고 걸었다. 고개 중턱에 왔을 때 찬우가 불쑥 말했다.

"난 나중에 크면 어려운 사람을 많이 도와주고 싶어."

"너는 지금도 어렵거든. 도움을 받아야 할 사람은 바로 너라고."

"그건 알아. 그러니까 지금은 말고 이다음에 어른이 되면 그렇게 할 거라고."

"…."

여태껏 나는 나밖에는 생각해본 적이 없다. 내가 누구를 돕겠다는 건 한 번도 생각해본 적이 없었다. 나 이외에 다른 사람을 위해 살겠다는 찬우의 얼굴을 힐끔 바라다보았다.

"난 사람들이 좋아. 나도 너처럼 가족들과 같이 살고 싶어."

"네가 할머니와 단둘이 사니까 가족이 어떤 건지 잘 모르는 모양인데 화목하지 못한 가정은 지옥이 따로 없어."

"…."

찬우는 내 말을 알아들은 건지 더 이상 토를 달지 않았다. 그래도 가족이 필요했다면 우리 집 가정사를 줄줄이 털어놓았을 것이다. 나는 불현듯 화를 내는 아버지가 무서웠다. 정신이 온전치 못한 엄마를 생각하면 우울해졌다. 겨레가 나 때문에 사고를 당했다고 생각하면 어디론가 멀리 달아나고만 싶었다. 찬우에게 무슨 말이라도 설명해야 했지만 적당한 말이 떠오르지 않았다. 가족은 나중에 크면 자연히 만들 수 있다는 걸 그 나이엔 알 수 없는 세계였다. 어른이 되지 않았으니 사람은 부모를 떠나 결혼을 하게 되면 자연히 가족이 생긴다는 걸 짐작이나 했겠는가? 가정을 부양하려면 그만큼의 책임도 함께 따라야 한다는 걸 10살짜리 꼬마들이 주고받을 대화는 아니었다.

한참을 걸었더니 다리가 뻐근했다. 고개를 내려올 때는 허벅지에 더 힘이 갔다. 지친 다리로 간신히 집 앞에 도착하자 멀리 대머리 바위가 어렴풋이 보였다. 찬우는 갑자기 내 이름을 불렀다.

"미래야!"

"응?"

"넌 어른이 되면 독박골을 떠날 거니?"

"아니."

"그럼, 됐어."

"그건 갑자기 왜 물어?"

"그냥."

"넌 왜 자꾸 말을 하다 말아! 사람 속 터지게."

나는 화낼 일도 아닌데 심통을 부리며 집안으로 들어와 버렸다. 양말을 벗었다. 하도 걸었더니 발바닥에 물방개처럼 물집이 올라왔다. 나처럼 발바닥에 물집이 잡혔을 찬우를 떠올렸다. 포도밭 너머까지 걸어가야 하는 찬우가 걱정됐다. 지금까지도.

"손님, 불광동 다 왔습니다."

택시는 지하철 불광역 입구에서 멈췄다. 택시에서 내린 나는 구기터널로 향하는 방향으로 걸어갔다. 저 멀리 족두리처럼 새끼 바위를 얹고 있는 향로봉바위가 보였다. 비가 오려는지 하늘에는 먹구름이 꺼멓게 몰려있었다. 구기터널로 향하는 가로수길의 끝은 보이지 않았다. 눈을 감았다. 눈을 감자 환영이 펼쳐졌다. 산으로 향하는 조무래기들이 어른거렸다. 메뚜기 팔뚝 같은 다리로 이산 저산을 뛰어다니던 꼬맹이들이 퍼즐처럼 한 조각씩 맞춰지기 시작했다.

이미 흘러가서 현재일 수도 없는 시간. 이 돌작밭 어딘가에 흘리고 다녔을 유년의 조각들이 무덤덤하고 밋밋한 기억 사이로 떠올랐다. 나에게 독박골은 가슴 깊숙이 박혀있는 유리조각이었다. 성장이 배양되다 말라버린 계절처럼 초라했고 가련했던 시절의 이야기를 고스란히 간직한 파편은 숨을 쉴 때마다 가시처럼 폐부를 찔렀다. 나는 가슴 어디엔가 깊이 박혀있던 추억의 편린들을 더듬더듬 꺼내며 독박골에, 지금 서 있다. 돌아온 것이다. 그토록 오고 싶었던 곳으로.

"빈방 나온 거 있어요?"

엄마는 흉한 꿈만 꾸어도 짐을 쌌다. 살았던 동네 이름조차 생각나지 않을 정도로 옮겨 다녔다. 이사를 다니는 동안 짐은 점점 더 단출해졌다. 택시 안에 실을 수 있을 정도로만 꾸렸다. 나는 책가방과 교복을 챙겼고 엄마는 몇 가지 옷가지와 귀중품을 챙겼다. 아버지의 수훈장은 언제나 내가 챙겨 들었다. 한 손으로 들기도, 두 손으로 들기에도 벅찬 짐이었다. 그래도 엄마더러 도와 달라고 하지 않았다. 엄마는 낑낑대며 수훈장을 운반하는 나를 힐끔 보았을 뿐 버리라고 참견하지는 않았다.

엄마는 복덕방에 가면 제일 작은 방으로 달라고 꼭 토를 달았다. 전입신고도 아주 늦게 해서 학교에 주소를 알리지 않고 다녔다. 학교에서 거주지 주소가 필요하다고 요구할 때는 복덕방 아저씨의 도움을 구했다.

"저, 아저씨! 이곳 주소를 좀 빌려주세요."

"그게 뭔 소리요? 지금 이사 간 그 집 주소로 하면 되지."

"사정이 있어 전입신고를 좀 늦게 해야 하거든요."

"…."

"아이 학교 전학 문제 때문에 그러니까 좀 도와주세요."

"쫓기는 신세슈?"

"남편이… 우리를 찾아내면 괴롭힐 거예요."

사람들은 남편에게 쫓기고 있다는 말만 하면 동정을 베풀었다. 더 이상 캐묻지 않고 필요한 서류에 주소를 넣도록 도와주었다. 사실은 아버지를 피해 다녔던 것은 아니었다. 엄마는 겉으로는 내색은 하지 않았지만 아버지의 행적을 찾고 다니는 듯했다. 엄마는 이따금씩 납작 만두를 사왔다. 나는 엄마에게 그 만두를 어디서 사왔는지 묻지 않았다. 엄마가 대조시장에 가면 항상 사오던 납작 만두였다. 엄마는 나 몰래 독박골을 맴돌았다. 엄마도 나처럼 아버지를 기다리고 있었다.

뭉글거리던 하늘에서 후드득 비가 쏟아졌다. 황급히 지하도 안으로 들어갔다. 그새 비에 젖은 겉옷이 축축하게 팔뚝을 감았다. 비가 내리지 않았으면 난 호텔로 돌아갔을 것이다. 젖은 몸을 말리고 싶어 대조시장 안으로 들어갔다. 줄줄이 전등을 켜놓은 재래시장은 출항을 준비하는 새벽녘 부둣가처럼 밝고 환했다. 한 사람이 겨우 지나다닐 만큼 좁다란 길에 신발가게와 불빛에 번쩍거리는 악세서리 가게가 마주했다. 납작만두를 파는 그곳은 그대로였다. 어찌나 변화속도가 빠른지 고층빌딩을 오를 때처럼 아찔하게 바뀌는 환경에도 납작만두를 파는 노점은 그 자리를 오롯이 지키고 있었다. 그리고 한 사람, 희옥이었다. 난 한눈에 알아볼 수 있었다. 배다른 남동생을 등에 업고 저녁밥 안 한다고 새엄마의 잔소리를 듣던 희옥이가 납작만두를 팔고 있었다. 멈칫 걸음을 멈췄다. 하마터면 희옥이 이름을 부를 뻔했다. 내가 양미래라고 밝힌다는 게 그녀에겐 어떤 의미로 다가갈지 모를 일이다. 상처가 될지, 아니면 반가움이 될지. 다행히도 그녀는 어릴 적 모습을 그대로 간직하고 있었다. 일찍 철이든 그녀는 그때도 이미 어른이었다. 카랑카랑한 새엄마의 구박에도 불구하고 그녀는 용케 독박골을 떠나지 않고 남아있었다. 나는 그녀가 만두를 파는 모습을 멀찍이 지켜보았다. 풍진을 견딘 이야기들이 그녀의 몸 구석구석 배어있었다. 나만큼. 미군을 상대했던 나만큼. 더는 내려갈 수 없는 지옥의 입구에서 빠져나온 나만큼. 그녀도 무너져가는 세월의 주름살을 훈장처럼 달고 납작만두를 팔고 있었다.

우리는 지난 30년 동안 서로의 자리를 지킨 셈이다. 이제 난 독박골을 떠나지 못할 것이다. 피할 수 없다면 마주 서야지.

"서, 선생님, 저 이명훈입니다. 오늘 아침 신문 보셨나요?"

"아, 아니? 아직….."

"선생님에 대한 기사가 신문에 났어요."

신문 일 면마다 나에 대한 기사로 장식되어있었다. 예상치 못했던 상황이다. 이렇게 빨리 내가 양미래라는 것이 드러날 줄은 몰랐다.

'양미래, 조앤 플린으로 살아온 그녀가 과거로 돌아오다'

불우한 성장기를 보낸 사진작가 조앤 플린의 본명은 양미래였다. 아버지 양준만과 어머니 길은녀 사이에서 태어난 그녀는 독박골에서 성장하게 된다. 지금은 고급 아파트 단지가 들어서서 당시의 생활이 모두 사라졌지만 독박골은 그녀가 살 당시만 해도 아주 낙후된 동네였다. 전깃불이 들어오지 않았고 수도시설조차 갖춰지지 않았다. 대부분의 주민들은 일용직에 종사했고 아이들은 어른들이 없는 동네에 방치되다시피 했던 동네에서 어린 시절을 보낸 그녀가 세계적인 사진작가가 되어 한국을 다시 찾았다. 한국은 그녀를 잊었겠지만 그녀는 한국을 잊지 않고 있었다.

예상치 못했던 상황이다. 이렇게 빨리 내가 양미래라는 것이 드러날 줄은 몰랐다. 허겁지겁 짐을 싸기 위해 가방을 열었다. 하지만. 동작을 멈췄다. 장일춘, 그가 나에 대해 어느 정도까지 알고 있는 건가. 이렇게 피한다고 될 일이 아닌 것 같았다. 그에게 전화를 걸지 않을 수 없었다. 그는 지금 내 전화를 기다리고 있을 것이다. 나는 장 기자가 남긴 명함을 꺼내들었다. 전화번호를 누르려다가 멈췄다. 내 쪽에서 먼저 연락을 취한다면 그의 작전에 말려드는 것이다. 뭐지? 그가 요구하는 것은? 돈? 수많은 생각들이 머릿속을 오고 갔다. 소파에 털썩 주저앉았다. 도로 미국으로 돌아갈까? 그렇다면 사람들에게 의구심만 키우게 될 거야. 완전히 내 얼굴을 뜯어고치지 않는 한 나를 알아보는 사람이 있을 거라는 걸 염두에 두지 못했음을 후회했다. 그런데. 내가 왜 피해 다녀야 하는 거지?

"여…보…세…요."

"양 · 미 · 래 씨."

장 기자는 또박또박 내 이름을 읊었다.

"전화가 올 줄 알고 기다리고 있었지. 햐, 오늘 아침 신문은 양미래 씨 기사로 신문마다 도배를 했더군."

"무엇 때문이시죠?"

"오, 그렇게 흥분할 것까지야. 기자의 의무란 남들이 알고 있지 않은 사실을 정확하게 먼저, 빨리 알아내는 거거든. 그런데 내가 정말로 궁금해서 말이야. 무슨 재주로 미국까지 건너가서 세계적인 인물이 되었는지. 내가 쪼르르 꿰고 있는 미래의 어린 시절로 봐서는 그런 위치에 오르기가 쉽지 않은데 말이야. 이제 조금 있으면 각 여성 잡지사에서 연락이 물밀 듯이 올 거야. 그 사람들은 기삿거리가 될 만한 것들을 냄새 맡는 데는 도사지. 뭐, 어느 정도는 내가 알려줄 수도 있지."

"저에 대해 알려주신다고요?"

"그럼. 당신 아버지에 대해서, 아니 어머니에 대한 이야기를 들려줄까?"

"나도 당신에 대해서 좀 알죠. 당신은 협박하기 위해 천막교회에 오지 않았던가요?"

"협박이라니? 그건 당치도 않은 말이야."

"그럼, 왜 성극 하는 날 교회로 찾아왔던 거예요."

"그건 본능적인 기자의 직관력이라고나 할까? 어제 양미래 씨가 혼자 불광동에 갔다는 걸 알아본 내 직관력은 천부적이야."

"저를 미행했었나요?"

"미행? 그럴 리가 있나? 내가 미래 씨한테 뭘 뜯어먹을 게 있다고. 다만 진실을 밝혀주고 오해를 풀어주고 싶어서였지. 그게 임무라고. 우리 이럴 게 아니라 나와 함께 독박골을 한 번 가보지 않겠어? 그곳은 지금 많이 바뀌어서 말이야. 옛날 모습은 거의 찾아볼 수가 없지. 자, 가자고. 내가 들려줄 얘기도 많고, 나도 또 듣고 싶은 이야기가 있다고. 지금 내가 호텔 로비에 있으니까 어서 내려오셔."

"호텔 로비에요?"

전화를 끊었다. 그리고 허겁지겁 가방을 열고 진열대 위에 꺼내놓았던 소지품을 챙겼다. 더는 이곳에 머물 수가 없었다. 떠나자. 당장 이곳을 떠나자. 유목민처럼 다녔던 게 어디 한두 번인가. 내가 어제 독박골에 갔던 사실을 장 기자가 알고 있다니. 예감이 좋지 않다. 장 기자를 지금 만날 수는 없었다. 나는 아직 준비가 되지 않았는데. 손이 떨리고 정신이 혼미해졌다. 침대로 걸어가다 가방에 발이 걸려 엎어졌다.

하늘에서 뛰노는 아이들

북한산 자락과 연결되어있는 독박골은 유난히 돌멩이들이 많았다. 독박골이 '돌밭골'에서 비롯됐다는 유래를 모르는 독박골 아이들은 없다. 개울가에도, 산골짝에도 둥글둥글한 돌멩이들이 뜨거운 햇볕 아래 누워 달궈졌다. 돌멩이만 많은 게 아니라 산속에는 집도 많았다. 친구들 따라 구불구불한 산길을 따라 올라가면 대문도 없는 집이 자꾸 나타났다. 사람이 살 것 같지 않은 골짜기마다 금방이라도 쓰러질 것 같은 허름한 집들이 참새 둥지처럼 산속에 박혀있었다. 사람들이 산속에 숨어 사는 건지 모르겠지만 멀리서 보면 산은 엄마처럼 집을 품고 있는 것처럼 보였다.

동네 아이들은 굶주린 들개마냥 놀거리를 찾아 계곡을 싸돌아다녔다. 산은 가만히 숲속으로 들어오는 개구쟁이들을 대접했다. 빠알간 뱀딸기를 내놓기도 하고 버섯을 내놓기도 했다. 우리들은 독버섯인지도 모를 그 위험천만한 식물을 겁도 없이 따먹었다. 산딸기 근처에는 뱀이 있으니 조심하라고 외할머니는 신신당부했지만 뱀은 스스로 우리를 피해 가는 듯했다. 선녀바위에 올라가 소리를 질러댔고 험난한 족두리 바위를 기를 쓰고 올라갔다. 겁이 나지 않았던 것은 아니었지만 두려움이 뭔지도 몰랐다. 위험이라고 해봐야 고작 넘어져 무르팍이 깨지는 상처쯤이라고 대수롭지 않게 생각했다. 넘어져 무릎에 피가 나면 곧 딱지가 앉고 시간이 지나면 피부는 말짱하게 아물었다. 그까짓 흉터쯤이야.

산도 우리가 반가운 듯 우리가 산등성이로 올라오면 우— 하고 몸 전체를 떨어댔다. 산만 아는 척을 하는 게 아니다. 풀도 일어서고 새들도 푸드득 소리를 냈다. 곤줄박이 녀석이 포로롱 조로롱 울어댔다. 녀석은 겁이 많은지 우리 앞에 모습을 보이진 않았다. 좁다란 산길을 고불고불 걸어가는 것만으로는 심심했다. 쓸데없이 우리는 나뭇가지를 뽑아 꽃가지들을 훑으며 걸었다. 꽃잎이 더러는 나뭇가지에 부딪쳐 땅에 떨어졌지만 대게는 후드득 소리만 냈다. 단단한 소나무 기둥은 투두둑. 마른 가지 소리는 타다닥. 여린 꽃잎들은 차자작 소리를 냈다.

우리는 산등성이에 올라앉아 멀리 보이는 동네를 바라보았다. 확 트인 사방을 둘러보는 일도 가슴이 뻥 뚫리는 일이지만 높은 곳에 오르면 세상이 정말로 만만해 보였다.

“찬우야, 저기 우리 학교 좀 봐.”

“와, 무지 작다.”

실은 학교는 너무 멀어 보이진 않았다. 어림잡아 학교가 있을 지점을 대충 짐작했다. 동네가 한눈에 들어왔다. 멀리서 보니 누추한 녹슨 철문도 보이지 않고 구멍 뚫린 담벼락도 보이지 않았다. 지붕은 우리들이 입고 있는 옷처럼 알록달록했다. 하얀 스티로폼을 올려놓은 지붕, 루핑 위에 파란 비닐을 덧댄 지붕, 돌멩이를 얹어놓은 지붕. 눈 아래 펼쳐진 것은 장난감 도시처럼 작았다. 뚜껑을 닫아놓은 장독대가 올망졸망 놓여있는 앞마당도 내 손바닥보다 더 작게 보였다. 집도 조그맣고, 사람도 개미처럼 작았다. 우린 서로 자기네 집이 크다고 우겨댔다. 누군가 말했다.

“집보다 이 넓은 들판이 훨씬 좋다.”

그 말은 맞는 말이다. 산에 올라와서 풀피리를 만들어 삑삑 불어대거나 꽃대로 복조리를 만들다 보면 까맣게 산 아래 일들은 잊어졌다. 구멍이 송송 뚫린 개미굴 입구에 흙으로 살짝 가려 우왕좌왕하는 개미 떼를 구경하기도 하고 멀쩡한 소나무 껍질을 벗기다가 손에 찐득한 송진을 묻히기도 했다.

“야, 너희들 새알 볼래?”

“새알? 그게 어딨어?”

나는 웃옷을 훌떡 까서 가슴에 붙은 새알을 보여주었다. 그 새알은 바로 내 젖꼭지다. 나는 아기마냥 젖꼭지를 만지며 다른 손으로 손가락을 빨았다. 내가 왼손 엄지손가락을 빨 때 오른손으로는 왼쪽 젖꼭지를 만지작거렸다. 그래서 내 왼쪽 젖꼭지는 언제나 동그란 알 모양으로 부풀어있었다. 할머니 말대로 부모 사랑을 제대로 못 받아서 그런지는 모르지만 집에만 있으면 나는 애기처럼 손가락을 빨며 방바닥을 뒹굴었다.

부푼 젖꼭지 부근의 피부를 살짝 들어 올리자 마치 둥지 안에 새알이 들어있는 것 같은 모양이 만들어졌다.

"정말 새알 같네."

녀석들은 나처럼 새 집을 만든다고 웃옷을 올려 모두 젖꼭지를 들어 올렸지만 나처럼 동그랗고 예쁜 새알이 들어있는 새집은 만들지 못했다. 대신 녀석들은 바위틈에 둥지를 튼 진짜 새 집을 찾아내었다. 짙은 잿빛 털을 가진 딱새 새끼들은 어미가 물어다 주는 먹이를 서로 먹겠다고 노란 부리를 벌리고 짹짹거렸다. 어미 새를 보자 누가 시킨 것도 아닌데 우리는 죄다 산 아래를 내려다봤다. 그제야 두고 온 집이 생각이 난 것이다. 이제 집에 가야 할 시간이다. 하지만 우리는 산 아래 내려오면 길 잃은 개미들처럼 갈팡질팡했다. 다들 집에 들어가기 싫은 눈치다.

"더 놀고 갈까?"

"…."

정말로 더 놀고 싶어서 물어보는 것은 아니었다. 우리는 서로의 얼굴을 쳐다봤다. 놀고 싶다는 것도, 집으로 돌아가고 싶은 것도 아닌 표정만 짓고 있을 뿐이다. 집으로 가야 되는 건 알지만 집으로 돌아가는 일은 썩 내키지 않다. 시작도 하지 못한 숙제가 떠올랐고 괜한 트집으로 손찌검을 하는 아버지의 두터운 손바닥도 발걸음을 무겁게 했다. 할머니하고 사는 찬우만 빼고는 우린 모두 싸움쟁이 어른들과 같이 살고 있었다. 독박골 어른들은 주먹질에 물건을 부수는 건 예사다. 집안에서 싸우는 소리가 길가까지 들렸고 길거리에서도 어른들은 걸핏하면 시비가 붙었다. 술집 문짝이 와장창 부서지는 소리가 들리면 어느 틈에 몰려들었다. '안주일절'이라고 쓴 술집 유리창은 하루걸러 와장창 깨졌고 술 취한 어른은 찢어진 러닝셔츠를 펄럭이며 비틀거렸다.

"이 쌍놈의 동네에서는 인간말종들만 살엇!"

술집 아줌마는 고래고래 소리를 질러댔다. 이상한 건 다들 싸움구경을 좋아하는 듯했다. 일찍 쌈판이 끝나면 사람들은 아쉬운 표정으로 흩어졌다. 무식하기는 동물들도 마찬가지다. 암놈 꽁무니를 쫓아다니는 수놈은 사람이 보거나 말거나였다. 예의를 배운 적이 없는 발정 난 개들은 민망하게 아무 데서나 사랑을 나눴다. 간혹 서로의 엉덩이가 붙어있는 개를 발견하게 되면 그냥 지나칠 리 없는 우리다.

"떨어져, 떨어져."

사내 녀석들은 엉덩이를 떼지 못하는 두 마리를 향해 돌멩이를 던졌다. 깨갱거리며 두 마리의 개는 어쩔 줄을 몰라 했다. 지지직. 두 놈 다 달아나려고 발버둥을 쳤다. 결국 힘이 센 놈이 이끄는 대로 다른 한 놈은 질질 끌려갔다. 똥개를 괴롭히는 우리들은 똥개보다 못한 어른들을 닮아갔다.

우리들은 해가 떨어지기 전까지는 산을 쏘다니다가 해가 넘어가려는 즈음에는 공터에서 놀았다. 공터 한 귀퉁이에서 사내 녀석들은 찢어져서 달달거리는 축구공을 공중으로 뻥뻥 찼고 나와 희옥이는 분필로 땅따먹기를 하고 있었다. 동네 어른들도 뒷짐을 지고 공터에서 어슬렁거렸다. 어른들이 저녁밥 먹으라고 찾으러 나올 때까지 놀고 있을 무렵 처음 보는 아저씨가 땅에 기둥을 박고 있었다.

"거, 뭐 하는 거요?"

"예, 제가 이곳에서 천막을 치려고 하는데요."

"천막?"

"뭐 하시게?"

"이곳에서 예배를 보려구요."

"예배?"

"예. 어르신."

"아니, 이런 공터에? 그리고 여긴 임자가 있는 땅이요."

"알고 있습니다. 일요일에만 사용하고 예배가 끝나는 즉시 거둘 겁니다."

동네 어른들과 낯선 아저씨가 주고받는 대화를 듣게 된 나와 희옥이는 하던 짓을 멈추고 남자 곁으로 다가갔다. 단정하게 머리를 빗은 아저씨의 인상은 사진 속의 장교군복을 입고 있는 아버지와 분위기가 흡사했다.

"우리가 좀 도와드릴까요?"

공을 차고 있던 찬우가 불쑥 나섰다

"그래? 좀 도와주겠니?"

땀 구정물로 얼굴이 얼룩덜룩한 찬우는 숨을 몰아쉬며 벌써 천막 줄을 잡고 끌어당겼다.

"예배당? 허참."

동네 어른들은 혀를 끌끌 차더니 엉덩이를 툭툭 털며 일어나 슬금슬금 흩어졌다.

독박골에 사는 사람들은 산속에 있는 절이나 무당집을 찾아갔다. 외할머니도 그랬고 외할머니랑 10원짜리 화투 내기를 하던 박 씨 할머니도 무당을 찾았다.

"독박골은 바위가 많아 기가 센 동네야."

외할머니는 바위가 많은 동네는 기가 세기 때문에 산신령이 많은 거라고. 산신령이 어떻게 생겼는지는 모르지만 그래서 그런지 바위가 많은 독박골에는 절이나 무당집이 많았다. 울긋불긋한 깃발이 꽂혀있는 집은 무당집이고 기와지붕 밑에 단청색으로 칠해진 것은 절이었다. 무당집과 절은 앞집과 뒷집에 사는 이

웃처럼 지내는 것 같았다.

굿을 하는 날이면 꽹과리 소리가 온 산을 다 뒤흔들었다. 굿하는 집 마당에 사람들이 모여 웅성웅성 구경을 하고 있었고 우리도 기웃거리며 그 안을 살폈다. 무당은 장군처럼 무사복을 입고 칼을 휘두르며 춤을 췄다. 하지만 이상하게도 굿판은 싸움구경보다는 덜 재미가 있었다. 호기심에 기웃거리긴 했지만 귀신이 내 목덜미를 붙들 것만 같아 가까이 다가가기가 겁이 났다. 그래도 할머니가 시루떡을 얻어오면 팥가루를 질질 흘리며 떡을 먹었다.

회색 빛깔을 싫어하는 외할머니는 '중놈'이라고 욕을 했으면서도 가끔씩 절을 찾았다. 절을 찾아간 할머니는 언제 그랬냐는 듯이 스님에게 깍듯이 두 손을 모으고 공손하게 절을 했다. 난 절에서 주는 나물밥을 먹어보기도 했는데 산에 올라오느라고 배가 푹 꺼진 터라 절에서 주는 밥은 꿀맛이었다. 어느 날 할머니는 단박에 발길을 끊었다. 아픈 할아버지를 위해 천 배 기도를 했는데 소용이 없었다고 여기는 듯했다. 아무튼 변덕스런 어른들이 나중에는 죄다 천막교회로 몰려들었다.

언젠가 찬우는 들깨를 입안에 털어 넣으며 말했다. 아버지가 보고 싶다고.

"우리 아버지 같으려면 차라리 너처럼 아버지가 아예 없는 편이 더 나아."

"그래도 아버지가 안 계시는 게 얼마나 슬픈 일인지 넌 모를 거야."

"네가 아버지한테 매를 안 맞아봐서 하는 소리야."

"그건 니네 아버지가 자신에게 화가 나서 그래."

"화풀이?"

"어른들이 다른 사람을 때리는 건 자기 자신한테 화가 나서 그러는 거래."

"그럼 자신한테 화풀이를 해야지 왜 우리들한테 해? 그건 비겁한 행동이잖아."

"글쎄, 그건… 나도 왜 그런지 몰라."

"너네 부모님은 어디 계시니?"

"응, 멀리 돈 벌러 가셨데."

"그랬구나."

돈 벌러 갔다던 찬우 부모님은 내가 독박골을 떠날 때까지 나타나지 않았다. 그런 찬우가 공터에 들어선 천막교회 목사님을 따랐던 건 당연한 일이었는지 모른다. 천막교회가 공터에 세워지게 된 일은 우리들에게도, 어른들에게도 대단한 사건이었다.

예배당이 무엇을 하는 곳인지 자세히는 알 수는 없었지만 동네에 새로운 놀거리가 생긴다는 건 신나는 일이었다. 그러잖아도 우리는 모두 일요일에 교회를 갈 참이었다. 날씨가 추워지면 밖에서 노는 일도 줄어들 테고 마침 소꿉놀이에 싫증이 나던 차였다. 소꿉놀이할 때마다 병찬이는 술 취한 사람처럼 휘청휘청 걸었다. 그리고는 자기 아버지처럼 잡초를 뜯어 만든 밥상을 곧잘 엎었다. 새엄마랑 살고 있는 희옥이는 내게 밥 하라고 빽빽 소리를 질러댔다. 나는 할머니처럼 앞치마를 두르고 요리를 했다. 몇 번씩 사금파리에 풀을 뜯어 올려놓은 밥상을 차리고 설거지를 끝내고 잠을 자는 일을 되풀이했다. 잠을 잘 때는 희옥이와 내가 번갈아가며 찬우 옆에 누웠다. 땅바닥에 깔아놓은 신문지는 이내 돌멩이 자국으로 우둘우둘 구멍이 뚫렸다. 너무 힘을 주어 몸을 비틀면 신문지가 찢어지기 때문에 조심해야 했다. 소꿉놀이의 아침저녁은 아주 빨랐다. 눈을 감으면 밤이 되었다가 눈을 뜨면 금세 아침이 되었다. 아침이 되면 나는 또 잡초를 뜯어 흙을 담은 상을 차렸다. 그렇게 스무 번이 넘게 밥상을 차리고 나면 누가 먼저 '집에 가자'는 말을 꺼낸 것도 아닌데 신문지를 걷고 장난감 그릇들을 챙겼다.

누가 먼저랄 것도 없이 시작된 놀이는 언제나 싱겁게 끝났다. 한참 푹 빠져 놀다가도 저녁 먹으라는 소리가 들리면 미련 없이 자리를 툭툭 털고 일어났다. 남겨진 애들은 집으로 돌아가는 애를 붙잡거나 더 놀자고 떼를 쓰지는 않았다.

지난 것에 미련을 두지 않고 새로운 것에 열린 마음이 되었던 우리였으니 예배당을 기웃거리는 것은 당연한 일인지도 모른다. 봄이 오면 꽃이 피고, 낙엽이 지고. 다시 꽃이 피고. 그렇게 계절이 돌아간다는 것을 아는 독박골 아이들은 새것에 대해서는 아낌없이 관심을 베풀었다. 가을이 되면 어른들의 한숨소리가 더 깊어진다는 이유를 나중에 크면서 이해하게 됐지만 어른들이 걱정하는 것만큼 세찬 바람이 부는 겨울은 우리를 슬프게 만들지는 못했다. 잔인한 겨울에도 개구리의 알은 수초에 동동 매달려 살고 잡초처럼 뒹굴어도 시작과 끝이 맞물려있음을 알았기에 상처도 쉽게 잊고 스스로 자신을 추스를 줄 알았다.

난장이가 되어버린 어른들

외갓집 옆집엔 소리하는 할머니가 살았다. 그 집 곁방에 병찬이네가 살았다. 소리 할머니는 멋쟁이였다. 언제나 한복을 입고 있었는데 우리 할머니가 입고 있는 한복과는 옷감 질이 달랐다. 외할머니가 입는 치마는 뻣뻣한 무명치마였지만 소리 할머니 치마저고리는 얇고 보드라워 보였다. 소리 할머니의 친언니가 아주 유명한 명창이라고 했다. 하지만 소리 할머니는 친언니처럼 텔레비전에는 나오지 않았다. 유명한 언니를 둔 소리 할머니가 왜 이런 동네로 이사 왔는지 모르겠다. 언젠가 소리 할머니 목소리를 들은 적이 있는데 쇳가루가 끓는 소리가 났다. 창을 많이 하면 목소리가 썩는 거라고 할머니가 그러셨다. 고운 한복 때문에 외할머니가 질투한다는 걸 모를 내가 아니다. 멋진 소리 할머니가 좋은 집에 살지 않고 독박골에 살고 있다는 게 나는 안타까웠다.

그러니까 독박골에는 불쌍한 사람들이 사는 동네다. 그렇지만 불쌍하다고 해서 매일 슬퍼하거나 우울해하진 않았다. 떡장수 귀대엄마도 언제나 싱글벙글 웃었고 물지게를 지고 나르는 물장수 아저씨도 할머니가 준비해둔 소주 한 잔을 들이키며 '감사하다'는 말을 연거푸 했다. 뭘 감사하다는 건지. 하긴 공짜 술이니 감사할 일이긴 하다. 하지만 그렇다고 굽실대며 여러 번 감사를 반복할 것까지야 없는 일인데. 나는 물장수 아저씨가 술에 취해 물지게를 지다 쓰러질까 염려되었다. 수도관이 연결되지 않아 독박골의 겨울철은 물을 길어다 먹는 게 제일 큰 어려움이었다. 물지게를 지는 일은 아주 위험했다. 겨울에는 물이 흘러내린 바위가 얼어 빙판으로 변하기 때문이다. 용하게도 물장수 아저씨는 부엌바닥에 묻은 독 안에 물을 한가득 채웠다. 나는 위험을 무릅쓰고 돈을 버는 물장수 아저씨가 세상에서 제일 훌륭한 사람이라고 여겼다.

물장수 아저씨는 소주 한 잔을 받고도 감사하다고 말하는데 고마움을 모르는 건 오히려 가진 게 많은 외삼촌이었다. 외삼촌 방은 독박골 살림살이에 어울리지 않게 방안에 침대를 놓았다. 스프링이 꺼진다고 할머니는 내게 침대 근처에는 가지 못하게 했다. 그래도 나는 몰래 침대 위에서 뛰었다. 쿨렁쿨렁 푹신한 침대를 가진 외삼촌이 부러웠다. 그런데 외삼촌은 언제나 외할아버지를 원망했다.

“늦둥이로 태어난 자기를 무슨 수로 공부시킬 거예요?”

재산을 불려놓아도 시원치 않을 판국에 빚보증을 서서 재산 다 까불리고 독박골에 들어왔다고 가끔씩 할아버지에게 목에 파란 힘줄을 세우며 소리를 질렀다. 외삼촌의 발작이 시작되면 외할머니는 귀대어멈을 불렀다. 귀대어멈은 떡 광주리를 머리에 이고 이곳저곳으로 떡을 팔러 다녔다.

“요번에 우리 아들이 대학 시험에 붙을 건지 어쩔 건지, 기도 좀 해줘 봐.”

귀대어멈은 무슨 귀신이 들렸는지 기도를 하면 오른팔을 떨었다. 팔이 흔들리면 ‘오케이’고 안 흔들리면 ‘노’였다. 귀대어멈은 눈을 감고 촉새처럼 나온 입술을 오물거리며 기도를 했다. 외할머니와 나는 눈을 뜨고 팔이 흔들리는지 안 흔들리는지 쳐다보았다. 잠시 후 오른팔이 마구 흔들렸다.

“아이고, 올해는 우리 아들이 합격을 하겠네.”

말만 들어도 기쁜지 외할머니는 기도를 자꾸자꾸 시켰다. 오른팔이 신기하게 마구 흔들렸다. 나는 일부러 팔을 흔드는 거라고 속으로 생각했다. 기분이 좋아진 외할머니는 아예 저녁밥까지 먹고 가라고 귀대어멈을 붙잡았다. 벌써 외삼촌이 대학시험에 붙은 것 마냥 외할머니는 들떠있었다. 그도 그럴 것이 외할머니가 나이 마흔셋에 간신히 낳은 아들인데다가 어릴 적 총소리에 놀라 그 충격 때문에 심신이 허약하다고 늘 걱정했다. 그런 귀한 아들이 대학에 몇 해째 떨어졌으니 온 집안 식구가 외삼촌 비위를 맞추느라 쩔쩔맬 수밖에.

외삼촌이 경기를 하듯 소리 지를 때마다 외할아버지는 까만 얼굴색을 하고 뒤뜰로 나가셨다. 그리고 한참 만에 돌아오셨다. 난 외삼촌의 하얗게 질린 얼굴과 외할아버지의 까만 얼굴을 번갈아 가며 봤다. 외할아버지가 아프게 된 건 다 외삼촌 때문이다. 아니 결정적으로 외할아버지가 자리에 몸져눕게 건 복실이 때문이었는지도 모른다.

외갓집은 개를 키웠다. 복실이라는 누런 개였는데 외할아버지가 유독 아꼈다. 잡종이긴 해도 똥을 먹지는 않았다. 덩치는 무지 큰 게 애교는 어찌나 많은지 할아버지만 나타나면 사방팔방 털 가루를 휘날리며 온몸을 흔들어댔다. 꼬리를 흔들면 빳빳한 성기가 덩달아 징그럽게 흔들렸다. 외할아버지는 개만 좋아한 게 아니고 새도 좋아했다. 십자매 한 쌍을 넣은 새장에 차조를 넣어주고 물을 갈아주었던 것도 모두 외할아버지 담당이었다. 게다가 닭까지 키웠는데 가엾게도 하룻밤 자고 일어났더니 피 묻은 깃털만 남기고 없어졌다. 닭이 사라져서 그런지 외할아버지는 더욱 개에게 정성을 다하셨다.

그런데 어느 날 그 복실이가 갑자기 안방으로 쳐들어왔다. 복실이 입에선 끈적끈적 침이 거미줄처럼 대롱거렸다. 미끄러운 비닐 장판에 휘청하며 쓰러지면서도 균형을 잡으려 애를 썼다. 점심밥을 먹던 우리는 갑작스런 복실이의 행동에 놀라 모두 밖으로 뛰쳐나왔다.

"쯔쯔, 쥐약이 묻은 음식을 먹은 모양이네."

동네 아저씨가 와서 미쳐 날뛰는 복실이를 끌어냈다. 그런데 어떻게 죽는 그 순간에 집을 찾아들어 왔는지 신기하다. 복실이가 안방까지 들어와서 발발 떨었던 건 외할아버지에게 살려달라는 몸짓이었을 것이다. 외할아버지는 복실이가 그렇게 죽고 난 다음에 아예 자리에 누워버렸다. 외삼촌이 소리칠 때만 까맣게 변했던 얼굴은 아예 새까매졌고 배도 아이 밴 생선가게 아줌마처럼 커다랗게 불러갔다. 외할머니는 간장빛깔 오줌이 들은 요강을 하루에도 몇 번씩 비워야 했다. 가끔 외할아버지가 내 손을 잡아주었는데 그때마다 할머니는 나를 내쫓고 외할아버지를 나무라셨다.

"병 옮게 언네 손은 왜 잡아요!"

외할아버지는 하얗게 백태가 낀 혀를 움직이며 뭐라 웅얼거렸지만 무슨 말인지 알아들을 수 없었다.

외할머니는 담장을 뚫고 자라는 소나무 때문에 담장이 무너질 거라고 늘 걱정했고 외할아버지는 살아있는 생명을 죽여 버리면 안 된다고 말렸다. 소나무도 물끄러미 자신을 바라보던 외할아버지가 아픈 걸 아는지 솔잎은 점점 갈색으로 변해갔다.

"저거, 아주 요망한 소나무네."

닭장 안에 닭들이 죽고, 복실이가 죽고, 그리고 외할아버지가 돌아가셨다. 장례식을 치르고 난 후에 외할머니는 혼자 자기 무섭다고 외삼촌과 함께 잤다.

"할머니! 왜 할아버지가 계셨던 방에 못 들어가?"

"그건 죽은 사람하고 정을 떼느라 그런 거야?"

"왜 정을 떼야 돼?"

"안 그러면 자꾸 죽은 사람이 생각이 나거든."

그래서 그런지 나는 죽은 외할아버지 생각이 자꾸 나서 눈물이 났다. 그리고 보고 싶었다. 그렇다고 억지로 할아버지와 정을 떼고 싶지 않았다. 그런데 외할머니는 더 이상 외할아버지 생각은 하고 싶지 않은지 아예 집을 복덕방에 내놨다. 복덕방 아저씨는 하루에도 몇 번씩 사람들을 데리고 찾아왔다. 외할머니가 천막교회에 다니게 된 것도 죽은 할아버지가 무서워서라고 했다.

내게도 천막교회를 가게 된 이유는 있었다. 겨레가 산을 타다가 사고를 당하고 말았다. 뜻밖에 겪게 되는 충격은 사람을 겁쟁이로 만들었다. 산에만 오르면 온 세상을 다 가진 것 같이 자신만만했는데 겨레가 산에서 내려오다가 그만 바위에서 미끄러진 것이다. 얼굴이 피범벅이 된 겨레의 얼굴은 보기에 끔찍했다.

이마가 찢어져서 병원에 가서 꿰매야 했다. 그 사고 이후로는 산에는 자주 올라가지 않았다. 엄마가 사고 난다고 가지 말라고 신신당부했기도 했고 산 대신 교회에 가는 거로 놀이를 바꾸었다. 하지만 일주일에 한 번 가는 교회는 아쉬웠다. 교회에 매일 가고 싶었지만 천막교회는 일요일에만 공터에 세워졌다. 솔직히 내가 그토록 교회에 관심을 쏟게 된 건 다름 아니라 연필 때문이었다. 교회에 출석하면 상으로 연필을 한 자루 받을 수 있었다. 나는 머릿속으로 일요일에 교회에 오면 받을 연필 개수를 계산했다. 그래서 교회에 열심히 다니기로 마음먹었다. 게다가 목사님은 친구를 데려온 사람에게는 상으로 공책도 나눠주겠다고 했다. 그래서 나는 열심히 동네 친구들을 끌어모았다.

게다가 목사님이 들려주는 이야기는 정말 재미있었다. 목사님은 우리들에게 천사와 같이 있는 아기의 사진을 보여주며 설명했다. 그 아기는 말 밥그릇에서 태어났다고 했다. 우리는 우리보다 더 불쌍한 사람이 있다는데 슬퍼서 눈물을 흘렸다. 아무리 어려워도 우리는 개집에 들어가서 잠을 자지는 않기 때문이다. 그리고 목사님은 이야기를 끝마치고 나면 그림을 한 장씩 우리에게 나눠주었다. 마리아라는 엄마와 예수라는 이름의 아기가 웃고 있는 그림이다. 마리아? 메리? 크큭. 나 혼자 웃었다. 병찬이네가 키우는 강아지 이름이 메리였다. 색연필로 부지런히 색을 칠했다. 노아 방주 이 이야기는 정말로 흥미로웠다. 얼마나 큰 배인지는 모르지만 코끼리랑 사자랑 호랑이가 쌍으로 들어가고 또 다른 짐승들도 들어가는 걸 보면 동물원만 한 큰 배였을 것이다. 나는 목사님 설교를 들으며 머릿속에 배의 크기를 상상했다. 하나님이 동물도 홍수가 나기 전에 배에 피신시켰다는데 진즉에 내가 교회를 다녔더라면 산에는 올라가지 않았을 테고 겨레가 다치는 일도 일어나지 않았을 것이다. 바위에서 떨어진 사고 때문인지 겨레는 멀쩡하게 있다가 갑자기 숨을 쉬지 못했다. 하지만 엄마에게는 겨레가 숨을 쉬지 못한다는 말은 전해주지 않았다. 괜히 말했다가 혼만 더 날 것만 같았다. 다행히도 겨레는 죽을 것처럼 숨이 넘어가다가도 시간이 흐르면 다시 괜찮아졌다.

어쨌거나 나는 교회에 취미를 붙이게 되었다. 우리는 예배가 끝나고 나면 길거리로 다니면서 교회선전을 했다. 찬우는 큰북을 메고 개천을 따라 걸었다. 우리는 친구들의 손을 맞잡고 찬우의 뒤를 따랐다.

"나의 사랑하는 책 비록 헤어졌으나 어머니의 무릎 위에 앉아서…."

그렇게 목청껏 소리를 높여 찬송가를 불러도 창피한 줄 몰랐다. 오히려 사람들이 쳐다보면 우쭐한 기분이 들었다.

목사님은 사람들이 무엇을 좋아하는 줄을 잘 알았다. 애들은 연필을 좋아했지만 어른들은 영화를 좋아했다. 어른들을 위해 토요일 저녁이면 소나무 가지에 흰 천을 걸어놓고 영화를 틀어

주었다. 영화를 유난히 좋아하던 외할머니도 빠지지 않고 영화를 보러 공터에 갔다. 동네 깡패들이 어슬렁거리던 공터는 토요일 밤이 되면 노천극장으로 바뀌었다. 극장이라곤 가본 적이 없던 우리에게 영화구경은 그야말로 별천지였다. 영화를 보여준다는 소문이 나자 이젠 교회에 나오라고 선전하는 종이쪽지를 나눠주지 않아도 사람들이 밀려들었다.

독박골 고개 아래 사는 친구 녀석들이 학교 복도에서 나와 찬우에게 과자를 갖다 주는 것도 다 영화 때문이었다. 뿐만 아니라 나만 만나면 좋은 자리를 맡아달라고 귀찮게 졸라댔다. 영화 상영 때문에 주말이면 독박골은 축제 분위기였다. 나무에 매달은 확성기에서는 영화 상영을 알리는 목사님의 목소리가 울려 퍼졌다.

"독박골 주민께 알립니다. 오늘은 '쿼바디스'라는 영화를 상영할 예정입니다. 장소가 넓지 않은 관계로 서둘러 나오시길 부탁드립니다."

토요일 저녁이 되면 밥숟가락을 놓자마자 사람들은 공터로 몰려들었다. 푸르른 꽁지를 팔랑이며 날아다녔던 개똥벌레는 영사기에서 뿜어지는 빛 때문인지 한 마리도 보이지 않았다. 앞자리는 대체로 아이들 차지였다. 맨 앞줄은 찬우와 내가 여분으로 여러 자리를 미리 맡아놓았다. 평소에 나한테 잘해주었던 친구들을 위해서다. 자리 때문에 친구들끼리 말다툼이 생기기도 했지만 그럴 때마다 우리가 나서서 아이들의 시비를 가려주었다.

"목사님이 원래 영화배우 출신이래."

"어쩐지. 생김생김이 뭔가 다르다 했어."

"근데 어떻게 목사가 됐데?"

"글쎄, 그건 나도 잘 모르겠어."

"무슨 사연이 있겠지."

어른들은 확실히 우리 조무래기들하고는 달랐다. 우리는 연필 한 자루와 공책에만 관심을 두었는데 동네 사람들은 목사님에게 관심을 두었다. 독박골에 젊은 남자가 들어온 것도 화제지만 더더군다나 영화를 만드는 사람이었다는 건 우리에게도 놀라운 정보였다.

설교하는 목사님의 모습은 교장선생님보다도 더 위엄이 있었다. 목사님은 우리가 죄를 갖고 있다고 했다. 죄인이라는 말에는 할머니들은 떨떠름한 표정을 지었다.

"그럼, 우리가 모두 죄인이니께 경찰서를 가야 헌단 말유?"

꼬장꼬장한 박 씨 할머니가 따질 듯이 목사님께 따지고 들었다.

"할머니, 그 말이 아니구요. 우리가 영적으로 죄인이 되었다는 말이에요. 그 죄를 위해 예수 그리스도가 십자가에 달려 죽으셨으니 교회에 와서 예수님을 믿으면 그 죄가 용서를 받아요."

"우리가 시키지도 않았는데 왜 십자가에 달린데?"

"십자가는 또 뭐꼬?"

"이스라엘이라는 나라에서는 흉악범에게는 십자가에서 죽는 형벌 내리는데 예수님은 죄가 없이 그 십자가 형벌을 받았어요. 왜냐면 우리의 죄를 대신 짊어지기 위해 손과 발에 못을 박아 십자가에 매달리는 벌을 받게 된 거죠."

"이스라엘? 그럼 시방 우리가 서양 신을 믿어야 한단 말여?"

"거 좀, 잠자코 듣기나 하쇼."

외할머니는 목사님의 설교를 진지하게 들었다. 예수만 믿으면 천당에 갈 수 있다는 말에 천막교회에 오면 명절날 극장자리를 차지하는 것처럼 서로 앞자리에 앉겠다고 싸웠다.

"나이가 내가 제일 많으니까 내가 앞자리에 앉아야 해."

"무슨 소리야. 죽는 건 순서가 없는 법이야."

초겨울 햇살은 참새 혀처럼 짧았다. 날씨가 추워지자 공터에 예배를 보러오는 사람들도 점점 줄어들었다. 교인이 점점 줄어서 그런지 목사님은 집집마다 심방을 다녔다. 갈 때마다 우리를 데리고 다녔다. 왜냐면 우린 산속을 손바닥처럼 꿰고 있었기 때문이다.

울타리도 없이 맞바로 창호지 문이 보이던 오두막집, 꺼멓게 그슬린 돌멩이가 마당 한가운데 놓여있던 개고깃집. 북한산 계곡으로 올라가는 사람들에게 커피를 타주던 빨간 천막집. 포도밭 너머에 있던 쓰러질 듯 허술한 토담집.

물론 우리 집에도 목사님은 찾아왔다. 하지만 아버지의 표정은 바위만큼이나 단단했다. 아버지는 대꾸도 없이 뒷짐을 지고 먼 산만 바라봤다. 나는 행여나 아버지가 목사님을 두들겨 팰까 봐 조마조마했다. 나는 목사님께 다른 집에 가자고 팔을 잡아끌었다. 뒤도 돌아다보지 않는 아버지에게 꾸벅 인사를 하는 목사님이 가여워 보였다.

"찬우야, 니네 집은 어디니?"

"우리 집은…요."

목사님이 찬우네 집에 가자고 했지만 끝내 찬우는 대답하지 않았다. 사실 나도 찬우네 집엔 한 번도 간 적이 없었다. 찬우가 할머니랑 살고 있다는 것밖에 찬우에 대해선 아는 것이 없었다.

"그럼, 다음에 형편이 되면 찬우네 집에도 한 번 가자꾸나."

"예."

찬우는 며칠을 굶은 아이처럼 대답했다. 집에 대한 부끄러움은 독박골 아이들 모두가 앓고 있는 속병이었다. 집어갈 것 없는 세간들, 덜렁대는 문짝, 너덕너덕 쌓아놓은 집기들. 독박골에 산다는 것 자체가 약점이 되었고 놀림감이 되었다. 자신의 집을 공개하길 꺼려했던 찬우네 집에 엄마가 며칠 동안이나 숨어 있었다니.

날개 잃은 장군

우리 집 마루 벽에는 커다란 아버지의 수훈장이 걸려있다. 학도병으로 6 · 25 한국전쟁에 참전했던 아버지가 받은 화랑무공 수훈장이다. 내가 아버지를 좋아하는 건 아버지의 훈장 때문이다. 중학생이었을 때 전쟁이 나서 군인이 되었다고 한다. 그 커다란 액자는 좁은 벽 하나를 전부 차지했다. 고물상 아저씨도 현금으로 쳐주지 않는 수훈장은 거치적거리는 애물단지이기도 했다. 옷장이 부족해서 수훈장이 걸려있는 뾰족한 못 위로 아버지의 겉옷이 걸리고 엄마의 스웨터가 걸렸다. 옷더미에 가려 훈장은 아예 보이지도 않았다. 아버지의 자존심도 옷으로 덮여진 수훈장처럼 독박골 땅에 묻혀갔다. 어쩌면 독박골은 동정조차 거부하며 살아가는 아버지의 자존심을 위해서는 가장 적당한 안식처였는지도 모른다. 그도 그럴 것이 독박골에서 없다는 것은 아무런 흉이 되질 않았다. 모두들 그날그날 얻은 품삯처럼 간당간당하게 살았다. 똥구멍이 찢어지게 가난한 동네에 사는 사람들이 가진 거라곤 눈을 뜨면 쏟아지는 햇살이 전부였다. 더 있다고 자랑해봐야 기껏 쥐똥 섞인 쌀 한 포대였다. 애초에 물욕은 안중에도 없던 아버지였으니 독박골에서 화석이 되어간다고 해도 크게 잘못된 일도 아니었다. 잘못이라면 오히려 아버지의 빈 마음을 이해하지 못했던 우리에게 있었다. 가족들은 전쟁에서는 영웅이었지만 현실에서는 패잔병이 되어야 했던 퇴역군인의 절망을 이해하지 못할 정도로 무신경했다.

"어머, 저 사람 당신하고 군대 동기잖아. 이젠 장관이 되어 텔레비전엘 다 나오네. 당신이 찾아가서 일자리 좀 부탁해보면 안 돼요?"

"쓸데없는 소리!"

처자식을 위해서라도 한 번쯤 고개를 숙여보는 게 의당하다는 엄마의 의견은 늘 아버지의 심기를 건드렸다. 실수라면 멈춰서야 할 때 엄마가 그 타이밍을 조절하지 못하는 데 있었다. 엄마의 푸념은 시도 때도 없었다. 다른 이야기를 나누다가도 꼭 군대 동기와 비교하고 진급명단에서 누락되어 대위계급을 끝으로 군복을 벗어야 했던 군대서열에 딴죽을 걸었다. 전우를 찾아가 보라는 둥. 다른 사람들은 5 · 16군사혁명에 가담해서 죄다 한 자리씩 차지하고 있는데 당신은 왜 혁명 때 빠졌냐는 둥. 종알거리다가 엄마는 결국 아버지의 매를 벌었다.

아버지에 대한 엄마의 기대치는 돈벌이하고 연관되었지만 나의 기대치는 군복을 입은 아버지의 모습이었다. 학교 운동장이 예비군 훈련장으로 바뀌던 날, 어김없이 아버지는 예비군들 앞에 서있었다. 집에 걸려있는 사진 속 모습처럼 아버지는 늠름했고 무척 자랑스러웠다.

"저기 예비군들 앞에 서있는 사람이 우리 아버지야."

"니네 아버지 장군이니?"

"육군 대위야."

"장군보다 더 높아?"

"그와 비슷해."

군인 계급이 장군밖에 없는 줄 아는 녀석들과 말씨름 한다는 건 피곤한 일이다.

"우리 집에 화랑무공훈장 있다."

"그럼, 니네 아버지 상이군인이니?"

"야, 훈장은 다친다고 받을 수 있는 게 아니고 전쟁터에서 세운 공로가 있어야 타는 거야."

"그럼, 니네 아버지 대단하신 분이구나."

아이들이 꼬리를 내리면 그제야 나는 얼른 아버지 자랑을 멈췄다. 자랑할 건 그것뿐이었기 때문이다. 일 년에 서너 번 있는 예비군 훈련 말고는 아버지는 거의 일을 하지 않았다. 어깨에 견장을 달고 가슴에 훈장을 달고 찍은 사진처럼 일 년 열두 달 훈련만 했으면 좋겠는데 일거리 없는 아버지의 아침햇살은 게으르고 아주 길었다. 해가 중천에 뜰 때까지 잠을 자는 아버지를 깨운 건 큰아버지였다.

시골에서 방앗간을 하시는 큰아버지가 서울로 올라오셨다. 아버지보다 더 콧대가 높고 배가 불룩하게 나온 큰아버지에게 나는 꾸벅 인사했다.

"미래야, 이 돈 갖고 가서 먹고 싶은 것 사 먹어라."

"형님도, 어린애한테 무슨 그리 큰돈을 주세요."

행여 그 말에 큰아버지의 마음이 바뀔까 봐 나는 얼른 돈을 손에 쥐었다. 5천 원이었다. 난생처음 받아보는 큰돈이었다. 이 돈이면 몇 날 며칠을 과자를 입에 달고 살 수 있다.

"감사합니다."

"미래를 길에서 보면 큰아버지가 몰라보겠구나. 어릴 적에는 잘 몰랐는데 이젠 정말 예쁘게 컸네. 제수씨를 닮아 크면 미인이 되겠어."

"기집애가 노는 게 꼭 사내 같아서 말이죠."

"어릴 때는 그렇게 커야 돼. 철이 들면 달라지지. 근데 종일이 녀석은 철이 들기는커녕 싹수가 안 보이니…."

씨름선수처럼 몸집이 건장한 큰아버지가 쩨쩨하게 종일오빠

흉을 보러 우리 집에 왔을 리는 없고. 직업도 없는 아버지에게 돈을 꿔달라는 부탁을 하러 왔나? 그럼, 나에게 준 이 5천 원은? 어린 내가 어른들의 세계를 짐작으로 추리를 한다는 건 무리였다. 잘 곳도 마땅치 않은 우리 집을 갑자기 찾아온 걸 보면 무슨 일이 있는 것만은 확실했다. 그 궁금증은 저녁밥을 먹을 때 풀렸다. 방이 한 칸뿐이어서 큰아버지는 그날로 시골로 내려가야 했다. 그날 저녁 반찬은 큰아버지가 사온 소고기로 만든 양파소고기 볶음이었다. 고기에서 우러나는 단맛이 밥알과 섞여 고소한 맛을 냈다. 고기를 얼른 삼키기가 아까워서 오래오래 씹었다. 고기가 죽처럼 뭉그러질 때까지 씹었다. 저녁식사 내내 아버지와 엄마는 큰아버지 이야기를 하느라 밥은 먹는 둥 마는 둥 했다.

"이번에 종일이가 대학교에 들어가기 위해서 서울로 올라오고 싶다네. 촌구석에 있으면 대학에도 못 갈 것 같으니까 서울로 와서 몇 년이 걸려도 서울에 있는 대학에 입학시키겠다는 거야. 아무래도 공부를 하려면 시골구석보다는 서울이 훨씬 낫지 않겠어? 형님이 판단을 잘한 거지."

"참, 사람이 죽으란 법은 없네요. 당신이 일이 없으니 뭘 먹고 사나 했더니만…, 종일이를 맡아주면 큰댁에서 생활비는 좀 보태줄 것 아네요."

"물론이지. 종일이를 맡아주면 생활비는 물론이고 조금 넓은 집으로 옮겨주겠다고 했어. 이 집은 방이 한 칸밖에 없잖아. 이제 곧 형이 돈을 보내 줄 거야."

"그럼, 적당한 집을 알아봐야겠네요."

"내가 보기에 저기 제일슈퍼 앞에 집이 하나 있잖아? 그 집이 괜찮을 것 같아. 아까 형이 그 집 시세를 알아보고 갔으니 돈이 오는 대로 이사를 가자구."

"그 집이요? 집이 엄청 낡았던데."

"응, 우선 손을 좀 봐야 될 거야. 그 대신 가격이 싸잖아."

아버지와 엄마는 잠자리에 누워서도 두런두런 이야기를 나눴다. 밤이 깊어가도록 이야기는 나직나직 이어졌다. 나는 그제야 알았다. 아버지가 아침 늦게 일어났던 이유는 게을러서가 아니라 해야 할 숙제가 없었기 때문이라는 것을.

아버지는 제일슈퍼 길 건너편에 있는 집을 계약했다. 그리고 매일 일찍 일어나 새집으로 향했다. 그리고는 무슨 종이 같은 것을 펼쳐놓고 일꾼들에게 지시를 내렸다. 그 그림은 색칠도 없이 선만 그어져 있었다. 아저씨들은 그 그림대로 벽을 세우고 창문틀을 만들었다. 방구들을 새로 앉히고 벽에는 새 벽지로 도배했다. 아버지가 그린 그 그림이 엉터리였다는 걸 알게 된 건 집이 다 완성되고 난 후였다.

불광동 1－217번지 양준만

아버지는 대문에 문패를 달았다. 엄마는 '양'자 '준'자 '만'자가 새겨진 문패를 쓰다듬고 또 쓰다듬었다. 엄마는 하루 종일 웃음을 얼굴에서 거둘 줄 몰랐다. 그 문패를 보고 집배원 아저씨가 찾아오고 통장 아저씨도 다녀갔다. 이름이 새긴 문패를 걸어놓은 집을 장만했다는 게 어느 정도로 감격스러운 일인지 잘 아는 나는 내 명찰을 소중하게 다뤘다. 양미래라고 적은 종이를 집어넣은 명찰 말이다.

구조가 이상한 우리 집은 대문이 둘이다. 하나는 철제 대문, 하나는 가게에 딸린 문이었다. 길모퉁이에 있었던 탓에 출입문이 두 개가 만들어졌다. 방도 두 개밖에 없는 집에 출입구를 둘씩이나 만든 괴상한 집안 구조는 뭐 하나 제대로 맘에 드는 구석이 없었다. 가겟방은 가겟방대로 부엌은 부엌대로 안방은 안방대로 불편했다. 물론 가게를 만들어놓은 건 앞으로 부수입이라도 올릴 속셈이었겠지만 가게를 하기엔 공간 또한 그리 넓지 않았다. 그래서 슬리퍼와 운동화 짝만 나뒹굴었다.

나는 언제나 철문을 사용했다. 독바위 고개에서 오려면 가게 쪽으로 난 유리문이 더 가까웠지만 일부러 모퉁이를 돌아서 철제대문으로 들어가고 나왔다. 철문이 더 폼이 났기 때문이다.

마당에 들어서면 조그만 화단과 수돗가가 있다. 수돗가에는 수도를 놓기 전에 쓰던 펌프가 그대로 있었다. 여름에는 펌프에서 뽑아 올린 물로 우리 식구들은 등목을 했다. 땅에서 퍼올린 지하수는 뼛속까지 얼얼하게 했다. 하지만 떡하니 수돗가 가운데 박혀있는 펌프는 거치적거렸다. 화장실을 가려면 펌프를 빵 돌아야 했고 주의를 기울이지 않으면 툭 튀어나온 펌프 손잡이에 등뼈를 짓찧었던 적이 한두 번이 아니다. 펌프를 없애야겠다고 엄마가 투덜거렸지만 이왕 만들어놓은 거니 구태여 없앨 게 뭐 있냐고 외할머니가 말렸다. 그래서 우리는 여름 한 철을 위해 일 년 내내 펌프에 부딪히지 않도록 각별하게 신경을 쓰며 지냈다.

현관문에 들어서면 마루가 있다. 싸구려 나무를 깐 마루는 언제나 뿌옇게 페인트칠이 일어났다. 니스 칠을 한 광택은 맨발로 다니면 발바닥은 풀이 묻은 듯 찌걱거렸다. 그 마루 옆에 붙어있는 널찍한 방이 종일오빠 방이다. 종일오빠 방이 우리 집에선 제일 크고 멋졌다. 큰아버지 덕으로 집을 넓혔으니 종일오빠가 쓰는 방이 좋은 건 당연하다고 엄마가 말했다.

부엌은 오빠 방과 가겟방 중간에 있었다. 양쪽 방을 넓히느라고 그랬는지 부엌은 겨우 한 사람이 들어갈 수 있게 만들어 비좁았다.

"부엌이 이렇게 어두워서 어디 음식이나 제대로 하겠니?"

매번 외할머니는 우리 집에 올 때마다 부엌 타령을 하셨다. 할머니는 부엌이 영 맘에 안 드는 모양이었다. 그건 나도 공감한다. 지대가 낮은 데다가 옆집 담벼락으로 꽉 가려져서 부엌은 사방 어디에도 빛이 들어올 수가 없었다. 백열등 하나를 켜놓고 밥을 지었던 엄마는 쌀을 씻을 때 잡티를 제대로 골라내질 못했다. 밥을 먹다가 쥐똥을 발견한 적이 한두 번이 아니었다. 우웩. 헛구역질을 하는 내게 엄마는 어두운 부엌 핑계를 댔다. 부엌을 그렇게 만든 건 실력 없는 미장이 아저씨 때문이었는지 아니면 아버지의 엉터리 그림 솜씨 때문이었는지 잘 모르겠다. 100촉짜리 전구를 켜봐야 늘 어두컴컴했고 수챗구멍에 코를 들이밀고 찍찍거리는 쥐들 때문에 난 엄마가 없으면 부엌 근처에는 얼씬도 하지 않았다. 옆집 배수관을 타고 내려오는 쥐들은 우리 집 부엌을 거쳐 마당에 놓인 비누도 갉아 먹었다. 세수를 하려고 수돗가에 가면 수도꼭지 옆에 놓인 비누 곽의 뚜껑은 열려있었고 비누에 새겨진 쥐들의 이빨자국 때문에 나는 맹물로 얼굴을 씻어야 했다.

부엌과 연결된 종일오빠 방의 벽 아래쪽에는 4절지 크기만 한 작은 쪽문이 있었다. 부엌엘 가려면 마루를 거쳐 돌아서 가야 하는데 밥상만 미닫이문으로 들여보내고 그 나머지 반찬 그릇들은 그 쪽문을 열고 주고받았다. 엉성한 배려는 쓸데없는 일이기도 했다. 가겟방에 만든 창문은 왜 그리 코끼리 눈곱만하게 만들었는지 알 수가 없다. 볕이 들지 않아 낮에도 방안에 형광등을 켜 놓아야 했다. 하루 종일 전등 아래 있다 보면 눈이 침침해졌다.

그러나 집안이 어두우면 우환이 생긴다던 외할머니의 걱정과는 달리 마당에 심은 라일락은 포도송이처럼 늘어졌다. 탐스런 붉은 들장미는 담장에 흐드러지게 피었다. 해마다 봄이 되면 대문을 열고 나서는 우리 집 식구들의 얼굴도 화단에 심어놓은 라일락 꽃잎을 닮아가는 듯했다.

엄마는 매일 새벽에 일어났다. 종일오빠의 도시락을 두 개씩 싸야 했기 때문이다. 새벽에 일어나는 것만 빼면 견딜만하다고 했다. 그래도 큰아버지에게서 받는 생활비로는 살림살이가 빠듯했는지 엄마는 부업거리를 얻어왔다.

면봉을 비닐봉지에 넣는 일감도 가져오기도 하고 종이꽃을 만드는 일감도 얻어왔다. 면봉 일은 밥상 위에 솜을 말은 면봉을 가지런히 놓고 봉투 안에 집어넣으면 되었다. 밥을 먹고 나면 엄마는 삶지 않은 행주로 대충 밥상을 닦고 작업을 했다. 종이꽃을 만드는 일은 쉽지 않았다. 그 일은 손재주가 필요했는데 엄마는 꽃을 잘 만들지 못했다. 구슬가방을 만드는 일은 나도 달려들어 했다. 반짝거리는 구슬은 아주 예뻤다. 저녁이 되면 얼른 밥을 먹고 구슬 통을 들고 마루에 앉아 옷감에 바늘을 꽂았다. 손가락 마디만 한 짧은 길이의 바늘로 구슬 통에 쿡 찔러 넣으면 저절로 구슬이 바늘에 쏙 꿰어졌다. 구슬이 꿰어진 바늘을 촘촘하게 틀에 고정된 천에 찔러 박으면 되었다.

하지만 일하는 것에 비해 돈이 너무 적다고 엄마는 스타킹 포장하는 일을 갖고 왔다. 우리 집을 내려다보고 있는 축대 위가 바로 스타킹 공장이었다. 기계에서 짜여 나오는 스타킹은 쭈글쭈글했다. 구겨진 스타킹을 종이 뼈대에 말아 비닐 봉투에 집어넣었다. 일은 쉬웠지만 같은 자세로 앉아있으려니 다음날 일어나려면 등허리가 몹시 아팠다. 하지만 그 일도 얼마 가지 못했다. 전기를 몰래 끌어 쓴 게 들통이 나서 스타킹 공장사장이 경찰서에 끌려갔기 때문이다.

우리 집 부엌과 맞붙은 윗집에 새로 사람들이 이사를 왔다. 그 집에서는 매일 기계 돌아가는 소리가 났다. 나중에 알게 되었는데 석필공장이라고 했다. 석필로 장식용 꽃병도 만들고 석탑도 만들었다. 나와 동생은 그 집을 자주 들락거렸다. 왜냐면 못 쓰는 석필을 얻기 위해서다. 석필로 시멘트 바닥에 글씨를 쓰면 아주 잘 써졌다. 분필은 가루가 날렸지만 석필로 쓰는 글씨는 돌에 긁히는 촉감이 확실하게 달랐다. 매끄럽고 바닥에 착착 달라붙듯 글씨가 써졌다. 엄마는 그 집에서 일감을 가져오진 않았다. 석필을 가는 건 기계가 있어야 했기에 우리 집에서 할 수는 없었다. 젊은 총각들이 화장실을 갈 때면 지대가 낮은 우리 집을 흘끔거리며 내다봤다. 짐작건대 일군이 5명 정도 되는 것 같았다. 머리와 온몸에 뽀얗게 석필가루를 뒤집어쓴 일꾼들은 백발의 노인처럼 오고 갔다. 그런데 그 공장도 얼마 후 망해서 다른 동네로 이사를 갔다. 수출했던 물건들이 죄다 퇴짜를 맞았다는 것이다. 나는 화장실 앞에서 담배를 피우며 우리 집 마당을 내려다보던 부스스한 머리카락 소년의 눈빛을 몇 번 본 적 있다. 나보다 한두 살 더 많아 보이는 소년은 지대가 낮은 우리 집 마당이 아닌 하늘을 올려다보았다.

독박골에서는 하늘만 바라보는 게 아니라 땅을 바라보는 사람도 있었다. 우연히 길을 걷다 보게 된 광경은 적잖은 충격을 안겨주었다. 무슨 잘못을 저질렀는지 수갑을 찬 남자가 경찰 두 명에게 팔을 잡혀 개천 아래로 걸어갔다. 나는 고개를 푹 수그리고 걸어가는 청년의 뒷모습을 한참 동안 쳐다보았다.

"근데 엄마, 내가 동사무소에 갔다가 들은 얘기인데. 엄마가 지금 사는 쪽은 불하 나지 않아 다 헐린대요."

"그래? 그럼 빨리 팔아야겠구나."

그길로 외할머니는 엄마랑 복덕방 아저씨를 찾아가서 집을 빨리 팔아달라고 재촉을 했다.

"집을 구하는 사람이 있어야 하지요. 서두른다고 집이 팔립니까? 그리고 그 지대는 몽땅 다 헐릴 텐데…"

"내가 복비를 좀 더 쳐서 줄 테니 사람을 좀 끌어와 봐요. 당최 외로워서 말이죠. 이제 내가 살면 얼마나 살겠다고. 그래서 딸네 곁으로 가기로 했어요."

그렇게 복덕방 아저씨를 닦달을 하더니 외갓집이 드디어 팔렸단다. 외갓집이 팔렸다는 소식을 듣고 엄마는 딸기를 사 왔다. 어찌나 단내가 실한지 들큰한 딸기의 향기가 콧속까지 풍겼다. 마루에 걸터앉아 난 참을성 있게 딸기가 접시에 담겨지길 기다렸다.

"그래도 집이 금방 팔렸어. 집안을 워낙 깔끔하게 해놔서 그런지 집을 보러온 사람들이 단박에 계약하더라."

그 말은 맞는 말이다. 집안을 오밀조밀하게 꾸며놓길 좋아하는 외할머니 손길에 외갓집은 늘 정갈했다. 텔레비전 위에는 모형으로 만든 포도와 사과를 플라스틱 접시에 소담스럽게 올려놓고 거울 달린 경대 위에는 목각으로 깎아 만든 사슴인형과 못난이 삼형제 인형을 올려놓았다. 못난이 삼형제는 내가 가끔 갖고 놀기도 했지만 푸른 눈의 금발인형은 할머니가 손도 못 대게 했다.

금발 인형은 유리로 된 박스 안에 들어있었다. 눕히면 잠자는 모습처럼 눈이 감기고 세우면 번쩍 눈을 떴다. 그런데 한쪽 눈이 고장 났다. 할머니는 인형 옷을 빨아서 갈아입힐 때마다 핀셋으로 한쪽 눈을 잡아당기느라 애를 먹었다. 고장 난 눈 때문에 그 인형은 바라볼 뿐 갖고 놀지는 못했다.

나는 할머니가 애지중지하는 그 인형이 싫었다. 금발 머리카락에서는 파 냄새가 났다. 파가 싫은 건지 금발 인형이 싫은 건지. 내가 금발 인형을 싫어하는지도 모르고 할머니는 철마다 인형에게 예쁜 스커트를 만들어주었다. 버선을 꿰맬 때는 손바느질을 했지만 인형 옷을 만들 때는 벽장에 있는 손재봉틀을 꺼냈다.

나도 할머니 옆에서 바느질 흉내를 냈다. 조각난 천을 들고 할머니가 하는 것처럼 한 땀 한 땀 바늘을 천에 꿰었다. 내가 바느질하는 걸 보더니 할머니가 벽장에 올라가서 창호지를 꺼냈다. 지난가을에 창살문에 바르고 남은 창호지였다.

"미래야, 이걸로 연습해라. 이게 종이이긴 하지만 옷감처럼 질겨. 옛날에 할미가 한복을 만들 때 이 창호지로 연습을 했거든."

종이니까 바느질이 서툴러도 그만이었다. 나는 할머니 옆에서 홈질도 배우고 박음질도 따라 했다. 나는 조그맣게 저고리와 치마를 만들었다. 치마는 저고리보다 쉬웠다. 바느질이 끝난 종이를 치마저고리 모양으로 자르고 한지를 손으로 구겨주면 빳빳한 종이는 부드러운 천이 되었다. 솜씨 좋은 할머니는 뭐든지 잘 만들고 잘 꾸몄다. 불하받지 못한 집이라는 것도 감쪽같이 속이고 팔 만큼.

"그래도 적당하게 가격을 잘 쳐서 팔았네."

엄마는 소쿠리에 담긴 딸기를 한 개 집어 입에 넣고 우물거리며 말했다.

"하지만 엄마, 그 집이 허가 나지 않은 집이라는 걸 곧 알게 될 텐데…."

"그래도 이 집을 팔아 이사 갈 돈을 마련해야지. 허가가 안 났다고 그냥 버릴 수는 없잖니."

"엄마! 허가 나지 않은 집이 뭐야?"

"넌 어른이 말하는데 끼어들어 참견 좀 하지 마."

찔끔. 말대꾸를 했다가는 딸기도 못 먹고 또 쫓겨날라. 지금 중요한 건 단물이 줄줄 흐르는 딸기를 먹는 것이다. 설탕처럼 단 딸기는 내가 혼자 다 먹었다. 엄마랑 외할머니는 얘기하느라 정신이 팔려 딸기는 거들떠보질 않았다.

어쨌거나 얼렁뚱땅 팔린 외갓집은 나도 맘에 들진 않았다. 겨울이면 연탄가스가 새어 나와 항상 방문을 조금 열어놓고 자야 했다. 방문을 열고 자도 어떤 날은 정신을 잃기도 했다. 연탄가스를 맡고 정신을 잃은 나를 외삼촌이 업고 뛰었다. 외삼촌은 천막가게를 지나 개천 길을 따라 우리 집까지 달렸다.

바람이 나를 깨웠다. 까만 하늘엔 구름이 나를 보며 흘러갔다. 벌판에서 불어대는 찬 공기는 내 뺨을 어루만졌다. 가슴으로 전해지는 따뜻한 온기와 땀으로 범벅이 된 외삼촌의 뜨거운 잔등은 내 심장을 녹였다. 찬바람은 장난을 치듯 양말을 신지 않은 내 발가락을 간질였다. 별, 유난히 밝았던 별 중에 외별이 줄곧 나를 따라왔다. 우리 집 철문을 열고 들어서자 그제야 그 별도 수돗가 위에서 멈췄다.

집에 도착하자마자 놀란 엄마는 김칫국물을 내왔지만 그전에 난 이미 정신을 차렸다. 나를 업고 뛰느라 숨을 헉헉대던 까탈스런 외삼촌은 내게 생명의 은인이기도 했다. 외할아버지 말대로 사람은 원래 좋을 때도 있고 나쁠 때도 있는 건가보다.

외갓집을 판 건 잘된 일인지는 몰라도 외할머니가 돌아가시게 된 건 뜻밖이었다. 새로 이사 간 외할머니 집 마당은 우리 집 마당의 두 배만 했다. 할머니는 널찍한 마당을 제일 마음에 들어 했다. 텃밭을 가꾸고 싶다고 했다. 텃밭이야 마당이 그리 넓지 않아도 얼마든지 흙만 있으면 되는 일이었다. 하다못해 개천 옆에도 상추가 자랐고 하얀 스티로폼 통에도 흙을 담아 씨를 뿌리면 새싹이 돋아났다. 마당이 넓어서 계약했다는 외할머니는 불하받지 못한 집을 팔았다는 말도, 집값이 싸서 샀다는 말은 절대로 남들에게는 말하지 말라고 몇 번씩 당부했다. 새로 이사 간 집은 원래 무당이 살던 집이었다.

외할머니랑 외삼촌이 우리 집 옆으로 이사를 오자 수시로 외갓집을 들락거릴 수 있었다. 엄마는 돌나물김치를 담아 외할머니 집으로 달려갔고 외할머니는 쑥떡을 만들어놓고 나를 기다렸다. 흰 머리는 뽑을 게 없는 데도 외할머니는 자주 나를 불렀다. 외할머니는 철문을 열고 '양 대위!' 하며 아버지를 찾았다. 아버지를 탐탁하게 생각하지 않는 외할머니였어도 외할아버지가 안 계시니 어쩔 수 없나 보다. 몸이 허약한 외삼촌은 남자인데도 힘을 쓰는 일을 하지 못했다.

그런데 이사 오고 한 달 후 결혼식장에 다녀온 할머니는 갑작스레 우리 곁을 떠났다. 엄마는 피로연에서 먹었던 음식 때문이라고 했지만 나는 사람이 사는 것을 싫어했던 귀신 때문이라고 동네 애들한테 얘기해주었다. 하지만 나와 귀신만 알고 있을, 불하 나지 않은 집을 팔았기 때문이라고는 아무에게 말하지 않았다.

외할머니가 돌아가시자 생전 보지 못했던 친척들이 다 모였다. 친척들은 '호상'이라고 했다. 외할머니가 아프지도 않고 금방 돌아가셨기 때문이란다. 그래서 그런지 이모들은 모두 방안에만 있었다. 오랜만에 만난 이모들은 손에 낀 반지를 서로 끼어보느라 부엌일은 거들떠보지 않았다. 엄마만 부엌을 떠나지 못하고 국을 끓이고 그릇을 닦았다. 나는 이모들이 멀리 살고 있는 게 천만다행이라는 생각을 했다. 가까이에 있었다면 자주 왔을 테고 그럴 때마다 엄마는 부엌에서 나오질 못했을 테니 말이다.

마당이 넓으니 편하긴 했다. 아주 넓은 돗자리를 깔아도 공간이 남았다. 그 돗자리에 앉아 어른들은 밤새 이야기를 나눴다. 아버지도 다른 친척들과 함께 섞여 있었지만 다른 친척들처럼 말참견은 하지 않았다. 입을 굳게 다물고 있어서 화가 난 듯도 보이는 아버지의 굳은 표정이 실은 울음을 참고 있는 거라는 것을 아는 친척들은 아무도 없었다.

돌아가신 외할머니에게 베로 만든 수의를 입힐 때였다. 다른 친척들은 눈물이 안 나는 건지 아니면 참고 있는 건지. 아무도 눈물을 흘리지 않았다. 정말로 '호상'이라서 사람들은 슬프지가 않은가보다. 그런데 어디선가 흐느끼는 소리가 났다. 나는 기도를 하는 귀대어멈을 훔쳐보듯 한 눈을 몰래 뜨고 힐끔 소리 나는 쪽을 보았다. 놀랍게도 소리를 내어 흐느끼는 사람은 아버지였다. 아버지는 두 손으로 얼굴을 가리고 어깨를 들썩였다. 아버지가 눈물을? 그것도 저렇게 서럽게? 두 눈으로 보면서도 믿기가 어려웠다.

영웅이 항상 영웅답지 않은 것처럼 아버지가 언제나 엄마에게 폭력만 행사했던 것은 아니었다. 환하게 햇살이 비치는 날이면 마루에 앉아있던 아버지는 내 귀지를 파주었다. 어찌나 편안하고 보드라운지 아버지가 귀지를 팔 때는 깜박 잠이 들기도 했다. 내가 산에서 솔방울을 따오면 그걸로 화분을 만들어주었던 것도 아버지였다. 손재주가 있는 아버지는 붓글씨를 쓰는 화구통도 손수 만들었다. 언젠가부터 화구통을 만들더니 붓글씨 연습을 하기 시작했다. 하루에 한 번씩 배달되는 신문은 죄다 아버지의 붓글씨용 자습지가 되었다. 배달되는 신문지도 모자라 외할머니 집에 가서 날짜 지난 신문지를 얻어 왔다. 매일 글씨 연습을 했지만 그다지 진전은 없었는지 아예 붓글씨 교본까지 들여놨다. 비단 천으로 표지를 싼 교본은 우리 집에서 가장 값이 비싼 책이기도 했다. 우리 반 반장처럼 반듯반듯한 글씨체로 시작해서 지렁이 기어가듯 휘갈기게 쓰는 방법이 상세히 나와 있는 교본이었다. 난을 그리는 방법까지 설명된 부록도 끼어있었다. 그 책에 있는 난초 그림을 미술시간에 습자지에 비슷하게 흉내 냈더니 선생님이 잘 그렸다고 칭찬을 해주었다. 난 엉터리로 흉내 내도 칭찬을 받았는데 어른들은 칭찬받는 일이 쉽지만은 않은 듯했다.

"미래야, 문방구에 가서 이력서 쓸 종이를 좀 사 와라."

아버지는 먹을 갈고 화구통에서 세필을 꺼냈다. 그리고 신문지 대신 이력서에 한문과 한글을 섞은 글씨를 정성을 다해 썼다. 쓰고 버리고 또 썼다. 뭐라고 적었는지 궁금해서 쓰레기통에 버려진 이력서를 펼쳐 보게 되었는데 거기에는 세 단계의 학력이 적혀있었다. 고졸, 대학중퇴, 대졸. 어떤 종이에는 최종학력에 고졸이라고 썼다가 다른 종이에는 대학 중퇴라고 써넣었다. 이력서를 보냈는지 탈락됐는지 그 어떤 소식도 집배원 아저씨는 들고 오지 않았다.

나는 아마도 아버지가 이력서를 보내지 않았을 거라고 여겼다. 거짓말은 아버지가 제일 싫어했기 때문이다. 거짓말을 싫어해서 속마음도 감출 줄을 모르는 아버지는 친척들 앞에서도 슬픔을 숨기지 못했다.

장례식이 다 끝나도 아버지는 축 처진 어깨를 펼 줄 몰랐다. 아버지는 똥개 복실이가 죽자 시름시름 앓던 외할아버지를 닮아 가는 듯했다. 이상하게 아버지는 점점 쪼그라들었다. 마치 난장이처럼 작아져 갔다. 퉁퉁한 살이 쏙 빠지니 아주 볼품이 없어 보였다. 적당하게 살이 올라 맵집이 있던 아버지였는데 맞는 바지가 없어 엄마는 외삼촌이 안 입는 바지를 얻어 와야 했다. 아무도 갑작스레 겉모습이 달라지는 아버지를 눈여겨보지 않았다. 남몰래 아버지가 여기저기 일자리를 찾고 있었다는 것을 식구들 중 아무도 눈치채지 못했고 귀대어멈도 알아맞히지 못했다.

유기된 놀이터

"양 대위님, 집에 계십니까?"

회장댁 아저씨랑, 철물점 아저씨, 생선가게 아저씨 그리고 동네 어른 몇 분이 철문을 열고 들어섰다. 마루에 앉아있던 아버지는 황급히 방안으로 들어갔다.

"잠, 잠깐만 기다리세요."

러닝셔츠와 팬티 바람으로 마루에 앉아있던 아버지는 얼른 반바지를 입고 나왔다.

"어떻게 오셨나요?"

"개천을 덮어버리고 길을 만들자는 의견을 구청에다 제출하려고 하는데요. 어떻게 생각하시는지요."

"아, 예."

아버지는 한 손으로는 뒷머리를 긁으며 다른 한 손으로는 다리 한 짝을 안쪽으로 끌어당겨 책상다리를 만들었다.

엄마는 우물물에 담가놓았던 수박을 칼로 자르기 시작했다. 빨간 플라스틱 통에 우물물을 채워놓고 과일을 동동 띄워놓으면 냉장고에 넣은 것 이상으로 시원했다. 플라스틱 쟁반 위에 잘 익은 수박을 삼각형으로 자르고 노란 배꼽참외도 깎았다.

"이것 좀 드시면서 말씀 나누세요."

"아휴, 뭘 또 이런 걸… 잘 먹겠습니다."

아저씨들은 과일을 서걱서걱 씹으며 의견을 내놓았다.

"이참에 행길 가에 블록을 까는 건 어떻것어?"

"그렇지, 그것도 우리가 나서서 추진해야 해."

"지금 우리가 살고 있는 동네가 시골이지 이게 뭔 서울이여?"

"그러니까 우리가 자꾸 의견을 내서 나라에서 돈만 받아쳐먹고 빈둥거리는 공무원들을 바쁘게 만들어야지."

"여기 저 독박골 고개 말여. 거기도 무슨 대책을 세워야지. 겨울만 되면 차가 올라가덜 못하잖혀."

"맞아, 택시운전사들에게 '독박골 고개 가요' 하면 냅다 도망가 버리거든."

"저 고개 바로 밑에 있는 담배 가게는 택시가 단골로 들이박는 곳 아녀."

나도 겨울만 되면 고개를 올라가지 못한 택시가 선숙이네 담배 가게를 들이박는 장면을 몇 번 봤다. 빙판길에 자동차 바퀴가

헛돌더니 주욱 선숙이네 가게로 돌진했다. 쾅, 와장창.

"에이그머니나. 사람 살려."

"뭐, 이런 좆같은 동네가 다 있나."

독바위 고개 주변에 살던 주민들은 택시를 이용하려면 '씨팔'을 연발 내뱉는 택시 운전사를 달래야 했다.

겨울이 되면 잽싸게 눈을 녹일 수 있는 제설장비를 구청에다 신청을 해야 한다는 의견에 모두 찬성했다. 울퉁불퉁한 도로에 보도블록을 깔아야 한다는 의견도 나왔고 집집마다 똥 푸는 화장실을 개량 화장실로 개조해야 한다는 의견도 나왔다. 그 말에는 나도 동감한다. 지금 참외껍데기에 앉으려고 성가시게 구는 똥파리는 변소에서 나온 것이었다. 변소 문만 열면 똥 위에 앉아 있던 놈들이 일제히 밖으로 튀어 날았다. 게다가 꼭 아침에 학교 갈 때 실어 나르는 똥지게는 선생님 막대기보다 더 무서웠다. 그 고약한 구린 냄새. 생각만 해도 토가 나오려고 한다.

마루 한쪽에 앉아 나는 흘끔흘끔 아버지를 훔쳐보았다. 엄마에게 손찌검을 했던 야만적인 모습은 어디에도 없었다. 예비군 훈련을 할 때처럼 무게가 있어 보였다. 권위 있게 아버지는 동네 아저씨들이 발언한 안건에 즉각 문제점을 지적했다. 회장댁 아저씨는 고개를 끄덕이며 아버지의 말에 맞장구를 쳤다. 어른들은 시간 가는 줄도 모르고 머리를 맞대고 의견을 나눴다. 의견정리가 어느 정도 마무리가 됐는지 모두들 자리에서 일어났다. 우리 집을 나서는 어른들은 허리를 굽히며 아버지에게 인사를 고했다.

“양 대위님 덕분에 일이 아주 말끔하게 정리가 됐습니다.”

그 말은 빈말이 아니었다. 정말 일은 빨리 추진이 되었다. 노란 철모를 쓴 아저씨들이 개천 부근에서 땅 길이를 재고 땅바닥에서 숫자를 써넣기도 했다. 동네 어른들은 매일 저녁이면 공터에 나와서 개천을 바라보며 감상을 했다.

“여기 이 개천이 땅으로 변하게 되면 아마 이곳 땅값이 올라갈 것이야.”

“내가 구청 관계자들에게 들은 이야기인데 이 도로가 앞으로 저기 세검정까지 연결 된다누만.”

“세검정까지? 어떻게? 거긴 산으로 막혀있는데….”

“터널을 만든다나 어쩐다나.”

“아무튼 이곳도 좀 개발이 되야서 못사는 동네라는 오명이 씻어졌으면 좋것어.”

“이 사람아, 동네가 변하는 게 대순가? 사는 사람 수준이 바뀌어야지.”

“사람 수준이 뭐 어때서. 돈 없으면 인간도 아니란 말이야? 세상에 못된 짓 안 하고 돈 번 놈 있으면 나와 보라고 그래.”

“맞아. 우린 그런 능력이 안 되니까 이 꼴로 살고 있는 거라고.”

“개발된다고 우리더러 몽땅 집 내놓고 나가라 그러면 어떻게 하지?"

"글쎄, 그럴 수도 있겠지."

"개천 너머 저쪽은 모두 불하받지 못한 채 살고 있잖아?"

"그럼, 시방 우리가 괜한 짓을 저지른 겨?"

"…."

"설마하니 살고 있는 사람더러 나가라고 하겄어?"

"그건 모를 일이지."

"말도 안 돼. 그런 법이 어딨어. 여기서 쫓겨나면 어디 가서 살라고. 거지가 되란 말여?"

"…."

"그렇게만 된다면 나도 가만히 있진 않을겨."

흥분한 아저씨는 갑자기 웃통을 벗어 땅바닥에 패대기를 쳤다.

"이 사람이 벌써 취했네. 그만 열 내고 이 술잔이나 받으쇼."

그렇게 어른들은 밤마다 공터에 모여 막걸리를 마셨다. 술을 마시기 위해 공터에 모였는지 동네의 발전 때문에 모였는지는 잘 모르겠다. 어른들도 우리들처럼 놀이터가 필요했던 것만은 확실했다.

겨레가 죽었다. 나는 동생의 마지막 얼굴도 보지 못했다. 병원에서 죽은 동생은 태워져서 하얀 가루로 되었다는 말을 들은 그날, 나 혼자서 대머리바위에 올라갔다. 위험하다고 다시는 산에 올라가지 말라고 당부했던 엄마 말을 어기고 산을 탔다. 실은 나도 죽고 싶었다. 동생을 다시 볼 수 없게 된 게 내 책임인 것만 같아서 나도 바위에서 떨어지고 싶었다.

"겨레야! 겨레야!"

겨레의 이름을 부른다고 돌아오지는 않겠지만 나는 목이 터져라 동생의 이름을 불러댔다. 나도, 어른들도 힘이 없었다. 돈만 있으면 겨레를 살릴 수 있었다는데 어른들은 돈이 없었다. 오히려 돈이 없는 아버지는 버럭 화를 냈다.

"이 여편네가 왜 이리 소란이야! 죽는 건 다 운명이지. 돈 없는데 어떻게 하란 말이야!"

"아이고, 겨레를 어떻게 해."

돈이 없는 엄마는 로봇처럼 무표정한 얼굴로 며칠에 한 번씩 집에 들어왔다. 엄마의 얼굴은 핏물이 다 빠져나간 병자처럼 하얗다 못해 보랏빛이 돌았다. 엄마는 내가 밥을 해 먹는지 라면만 끓여 먹는지 묻지도 않았다. 헝클어진 머리를 고무줄로 질끈 묶은 엄마의 관심은 뚜껑 열린 된장독도 아니었고 며칠 동안 빨랫줄에 널어놓고 걷지 않아 까만 먼지가 쌓여가는 아버지의 흰 러닝셔츠도 아니었다. 엄마가 집에 오는 건 돈을 구하기 위해 집에 들렀다는 것을 동네 아줌마들이 찾아와서 알게 되었다.

"미래 엄마, 그래 겨레는 좀 괜찮아요?"

"수술을 해야 한다나 봐요."

"수술? 아주 큰 병에 걸렸나부다."

"입원비도 만만치 않을 텐데. 우짜노."

"저… 그런데 미래 엄마가 부탁한 돈은 마련이 안 되고 이 돈으로 병원 갈 때 음료수라도 사갖고 가요."

엄마는 더 이상 말도 못 하고 큭 하고 눈물만 흘렸다.

"에고, 돈이 웬수네. 돈이."

"도둑질을 할 수도 없고, 우야노."

동네 아줌마들은 마루에 걸터앉아 정신이 반쯤 나간 엄마를 위로했다. 엄마의 입술에는 딱지가 앉을 만하면 물집이 터지고 물집이 터지면 새 딱지가 생겼다. 그래도 입술에 난 물집은 시간이 지나자 사라졌다. 하지만 마음속에서 터진 상처는 쉽사리 아물지 못했다. 겨레가 이 세상 사람이 아니라는 현실감이 시간이 갈수록 짙어졌다. 벌컥 철문을 제치고 들어올 것 같은 겨레는 수돗가에 박혀있는 펌프대 앞에서도 어른거렸고 집 앞 공터에서도 휙 지나가는 것만 같았다. 하루 종일 겨레와 만화를 보던 만화방에는 더 이상 가지 않았다. 만화책만 보면 겨레가 떠올랐기 때문이다. 겨레가 동네 아이들을 끌고 물총 싸움하던 축대 위에도 겨레가 죽고 없자 아이들은 모이지 않았다.

엄마는 어디에서 겨레의 흔적을 찾았는지 모르지만 아마도 여기저기 겨레의 자취를 훑고 다녔다. 집안 꼴이 말이 아니었다. 신발은 뒤집어져있고 마당에 펼쳐 놓은 빨간 고추가 썩어가기 시작했다. 나는 공터에서 어슬렁거리는 종일오빠를 몇 번 봤다. 도끼 빗을 바지 뒷주머니에 찔러 넣은 오빠는 갈수록 껄렁껄렁 해져갔다. 나는 오빠 방에 있는 책꽂이에서 책을 꺼내 보다가 책갈피에 숨겨놓은 사진들을 발견하기도 했다. 기타를 어깨에 둘러멘 오빠 옆에 여자가 서있었다. 주말이면 집에 들어오지 않았는데 시골집에 갔던 것이 아니고 친구들과 여행을 다니는 것 같았다. 하지만 그 이야기를 엄마에게 하지는 않았다. 말해봐야 소용이 없을 것 같았다. 엄마는 더 이상 오빠에게 잔소리를 하지도 않았고 내가 속옷을 며칠째 입고 다니는지, 숙제는 제대로 하고 있는지 묻지도 않았다.

그러던 어느 날 엄마가 추석을 앞두고 바닥에 깔려있던 이불을 갰다. 엄마의 옷차림도 달라졌다. 촌스럽다 싶을 정도로 유치한 빨강색을 입었다. 수박껍질 색깔의 바지를 입었고 노란색 블라우스를 옷장에서 찾아 입었다. 엄마는 축대 위에 노란 참외처럼 앉아있기도 하고 오이처럼 서서 문밖에서 서성댔다.

동네 아줌마들은 엄마가 아들이 죽고 난 충격 때문이라고 불쌍하다고 혀를 찼다.

"자식이 죽었는데 정신인들 온전하겠어."

"나도 자식이 죽으면 아마 저렇게 될 거야."

"그래도 그렇지. 저렇게 넋을 놓고 있으면 어떻게 해. 산 사람은 살아야지."

동네 어른들의 수군거리는 소리에도 아랑곳하지 않는 것은 개천을 메우는 복개공사뿐이었다. 겨울이 오기 전에 공사를 마무리 지려는 듯 땅을 파는 공사소리가 멈추질 않았다. 소음 때문에 동네 전체가 어수선해졌다. 하늘이 온통 뿌옇게 흰 먼지가 날렸다. 아마 이 개천에서 썰매를 타는 것도 올해가 마지막이 될 것이다. 썰매를 타려면 계곡까지 물이 흐르는 곳으로 찾아가야 했다. 하지만 계곡은 고불고불해서 물이 얼어도 썰매를 타기엔 적당하지 않았다.

우리는 놀이터를 잃게 되었다. 우리에게 심술을 부렸던 개천이라고 생각했는데 이제 보니 개천에게 심술을 부린 건 우리였다. 홍수가 질 때만 빼놓고는 물이 흐르는 개천은 사계절 내내 우리에게 놀거리를 제공했던 놀이터였다. 여름이면 낮이고 밤이고 틈만 나면 개울에서 물장구를 쳤다. 개울물이 얕아 두 팔로 땅을 짚고 헤엄을 치면 자칫 모래에 뱃가죽이 쓸리기도 했다. 그래도 수영을 할 줄 모르는 나는 고무신을 두 손에 끼고 다리를 든 채 물장구를 치며 앞으로 몸을 옮겼다. 다리에 감겨드는 부드러운 감촉은 수영을 할 줄 몰라도 마냥 즐거웠었다. 겨울이면 겨울대로 썰매를 만들어 얼음 위를 지쳤다. 이제 와서 중요한 것을 잃었다는 후회가 들었지만 이미 지게차는 흙을 퍼냈고 쇠기둥이 땅바닥에 박혀졌다. 개천만 없어지면 살기 좋은 동네가 될 줄 알았는데 복개공사는 옛 모습까지 덮어버렸다.

시커먼 콜타르로 개천을 덮어버리자 도로가 생기고 차가 달리기 시작했다. 믿겨지지 않았다. 움푹 파인 개천이 감쪽같이 사라지고 그 위로 사람이 걸을 수 있다는 게 신기했다. 다른 동네 사람들도 독박골을 가로질러 다니게 되었다. 그 길을 따라 장관도 지나가고 경찰도 지나갔다. 높은 사람도 개천 위를 지나가고 유명한 사람도 독박골 사이를 달렸다.

하지만 복개공사를 하고 난 다음에 산 아래 무허가 건물에 살던 사람들이 힘없이 동네를 떠나기 시작했다. 어른들은 술만 취하면 그렇게 싸움을 잘하더니 정작 싸워야 할 때는 바보같이 떼를 쓸 줄도 몰랐다. 하늘을 닮은 웃음을 짓던 동네 어른들은 하나둘 동네를 떠났다. 떡을 팔던 귀대엄마도. 소주 한 잔에 신이 나서 물을 나르던 물지게 아저씨도 보이지 않았다.

동네 사람들이 떠난 자리는 폐가가 되었다. 빈집들은 문짝이 떨어져 나가고 지붕은 내려앉았다. 공사를 하는 아저씨들은 산등성이를 따라 있던 집들을 인정사정없이 굴삭기로 눌렀다. 집들은 맥없이 휘어졌고 종이박스처럼 가볍게 구겨졌다. 집들이 부서질 때 우지직하는 소리에 내 가슴도 덩달아 눌리는 것만 같았다.

집들이 헐리자 그곳에는 더 이상 건물은 짓지 않았다. 대신 개나리와 진달래가 동네 사람들이 떠난 자리를 차지했다. 낡고 허름한 집들이 사라지고 산은 꽃동산처럼 바뀌었다. 타 동네에 사는 사람들은 그 풍경을 감탄하며 구기터널 안으로 들어갔다.

"보기 좋다."

모두들 멋들어진 경관을 맘에 들어 했다. 하지만 그 누구도 그곳에 살던 독박골 사람들이 어디로 이사 갔는지는 묻지 않았다. 외지 사람들에게는 미관상 낡고 허름한 집을 치워 없앴다는 사실만 중요한 듯했다.

우리 집에도 변화가 생겼다. 종일오빠에게 군대영장이 나왔다. 오빠는 더 이상 우리 집에 있을 필요가 없게 되었다. 아버지는 오빠가 군대 가는 건 잘된 일이라고 했다.

"남자라면 공부보다 제일 먼저 해결해야 하는 일이 군대를 가는 일이야. 늑장 부리지 말고 하루빨리 갔다 오는 게 오히려 낫지. 지금 전쟁을 하는 것도 아닌데, 군대 생활은 식은 죽 먹기라고. 대학 들어가는 건 나중으로 미루고 군대부터 다녀오거라. 그다음에 네 아버지 방앗간 일을 돕든지 다른 장사를 해서 인생경험을 더 쌓든지 하면 된다. 공부도 공부할 사람이 해야 하는 거야."

공부할 사람이 따로 있다는 말은 맞는지 모르겠는데 내가 보기에도 오빠는 군대를 가야 철이 날 것 같았다. 그래도 막상 짐을 꾸리는 오빠의 모습을 보니 안 돼 보였다. 그런데 종일오빠의 군대 입대를 앞두고 방앗간 큰아버지가 편찮으시다는 연락이 왔다. 그 소식은 아버지도 집을 떠나야 했음을 의미했다.

"형님이 많이 편찮으셔서 내가 시골에 내려가서 형님 일을 도와야 할 것 같아. 종일이가 군대를 가지 않는다면 내가 굳이 내려가지 않아도 되는데 방앗간 일이라는 게 워낙 손이 많이 필요해서 말이야. 국수도 말려야지. 쌀도 빻아야지. 들기름도 짜야지. 그걸 형수 혼자 할 수가 없으니까 나더러 좀 거들어 달래. 그러니 당분간 불편하더라도 당신이 미래하고 지내고 있으라구."

"오래 걸려요?"

"글쎄, 지금으로 봐서는 언제 올지 모르겠어. 일을 봐 줄 사람이 생기면 돌아와야지."

종일오빠도 떠나고 아버지도 집을 떠났다. 든 자리는 표가 안 나도 난 자리는 표가 난다던 할머니 말대로 별안간 집안이 허전하고 스산해졌다. 아버지가 안 계시자 텅 빈 마루가 더 썰렁해 보였다. 여름 내내 러닝셔츠에 팬티바람으로 마루에 앉아있던 아버지 대신 차가운 공기가 차지했다. 유리창 너머 수돗가에는 어디서 날아왔는지 마른 나뭇잎 하나가 물통에 떨어져 동동 떠다녔다. 쓸쓸한 바람이 벌어진 문틈 사이로 스며들었다.

독박골의 겨울

독박골의 겨울은 빨리 왔다. 가을이 왔는가 싶었는데 아침이면 기온이 뚝 떨어졌다. 물이 차가 와서 대충 얼굴에 물만 묻혀 수건으로 얼굴을 닦아냈다. 서랍을 열어 긴 팔 셔츠를 찾아 입었다. 치마를 입고 가려고 긴 양말을 찾았지만 한여름 더위에 고무가 녹아내렸는지 고무줄이 삭아버려 신을 수가 없게 되었다. 하는 수 없이 바지를 꺼내 입었다. 깡총하니 길이가 짧아졌다. 바지가 짧아져서 발목이 드러났다. 윗도리 팔 길이도 깡충 올라갔다. 동생 옷을 얻어 입은 것 같았다. 천을 힘껏 잡아 늘였지만 잠깐 늘어났을 뿐 다시 쏘옥 원상태가 되었다. 나는 남의 옷을 얻어 입은 것 같은 옷을 입고 대문을 나섰다. 다른 아이들도 나처럼 죄다 긴 팔과 긴 바지로 갈아입었다. 어, 그런데 찬우는 아직도 반팔 윗도리에 짧은 바지를 입고 있었다.

"찬우야, 너 안 추워?"

"응, 괜찮아."

하지만 찬우의 입술은 물놀이를 하고 난 것처럼 파랬다. 그날 나는 하루 종일 찬우 생각을 했다. 변덕스러운 날씨는 오후에 돌풍을 몰고 왔다. 쉬는 시간에 찬우네 교실로 갔다. 학년이 바뀌어서 찬우와 나는 서로 다른 반이다. 멀찌감치 서서 찬우의 입술이 아직도 파란가 살폈다. 그러나 친구들하고 노느라고 정신이 없는 찬우의 뒷모습밖에는 볼 수가 없었다. 혼자서만 반팔을 입어서 그런지 유난히 팔이 가늘어 보였다. 나는 수업이 끝나고 학교 문 앞에서 찬우를 기다렸다. 멀리서도 찬우는 금방 눈에 띄었다. 혼자서만 한여름 옷차림이었기 때문이다.

"찬우야!"

"어, 미래야."

내가 자기를 기다렸다는 걸 눈치채지 못하는 찬우는 나를 보자 무척 반가워했다. 날이 추워서 그런지 학교 앞에 병아리 파는 할머니 모습도 보이지가 않았다. 아마 병아리 할머니는 따뜻한 봄날에나 볼 수 있을 것이다. 빗자루질을 하듯 바람이 거리를 쓸었다. 프린스 약국을 지나면 튀김가게를 지나야 한다. 고소한 튀김냄새를 맡으며 그냥 지나치기란 어려운 일이었다. 날씨가 추워서 그런지 오늘따라 유난히 튀김냄새가 진동했다. 찬우도 힐끔 튀김가게를 쳐다보았다. 철망 위에 고구마튀김, 햄튀김, 야채

튀김이 가지런히 놓여있다.

"찬우야, 저거 먹을래?"

"저거…?"

"내가 사줄게. 이리 와."

지난번 큰아버지가 주신 돈을 꺼냈다. 아직도 4천 원이나 남아있다. 나는 천 원짜리 지폐를 2장 꺼냈다.

"찬우야, 뭐 먹을래?"

"나…."

찬우는 대답 대신 가느다란 팔을 주머니에 찔러 넣었다. 자기가 돈을 낼 것도 아니면서 돈을 꺼내는 것처럼 시늉을 했다.

"괜찮아. 이거 큰아버지가 주신 용돈이야. 아줌마, 튀김 골고루 섞어서 2천 원어치만 싸주세요."

튀김집 아줌마는 미리 튀겨놓은 튀김을 다시 뜨거운 기름 속에 담갔다. 물거품을 일으키며 튀겨진 튀김을 쇠집게로 집어 기름을 툭툭 털어낸 다음 종이봉투에 담아 우리에게 건넸다. 기름이 배어 말갛게 변해가는 봉투 속에서 찬우는 햄튀김, 나는 야채튀김을 집었다. 바람이 옷을 잡아 흔들었다. 길바닥에 떨어진 휴지들이 붕붕 날아다녔고 하늘은 금방이라도 비를 쏟을 것처럼 어두컴컴해졌다.

"얘들아, 말 좀 물어보자."

"네?"

"너희들 혹시, 최정구라는 이름을 들어봤니?"

"최정구요?"

"어! 우리…, 목사님 이름인데."

"그래? 너네 교회 목사야?"

"제대로 찾았군."

남자는 혼잣말로 중얼거렸다. 그제야 우리는 고소하고 바삭한 튀김을 먹으며 우리 앞을 가로막는 남자를 정면으로 바라보았다. 렌즈가 달려있는 카메라를 목에 걸고 있는 아저씨는 학교 앞에 가끔 나타나는 사진사 같았다.

"그런데, 왜 물으세요."

"아, 아니다. 근데 그 교회가 어디 있니?"

"저기, 고개 아래 있는 공터까지 가셔야 해요."

"공터? 교회 이름은 뭐냐?"

"이름이요? 없어요. 그냥 천막교회라고 불러요."

"그래? 고맙다."

남자는 아주 빠른 걸음으로 우리를 앞질러 걸었다.

"근데, 저 아저씨가 왜 우리 목사님을 찾지?"

"글쎄, 괜히 가리켜 줬나?"

쓸데없이 목사님에 대해 알려준 것 같아 후회했다. 아마 찬우도 나처럼 후회를 한 모양이었다. 언덕 아래로 내려갈 때까지 찬우와 나는 아무 말을 하지 않았다. 몸을 최대한 동그랗게 움츠렸더니 바람 때문에 옷은 풍선처럼 부풀었다. 걸음을 재촉했다. 낯선 아저씨가 왠지 기분 나빴고 컴컴해진 하늘이 한바탕 비를 뿜을 태세여서 불안했다. 비가 내리기 전에 얼른 집으로 가야 했다. 구르릉 우르릉. 구름 부딪치는 소리가 심상치 않았다.

집에 도착한 나는 계곡까지 가야 하는 찬우에게 우산을 빌려주지 못한 게 마음에 걸렸다. 우산을 들고 후다닥 대문 밖에 나가보니 찬우는 벌써 달음박질을 하고 있었다. 후두둑후두둑. 뛰어가는 찬우를 쫓아가듯 빗방울이 떨어지기 시작했다. 비에 홈빡 젖을 찬우를 지켜보다 집안으로 들어왔다.

홈통에 떨어지는 빗소리는 지붕이라도 부숴놓을 것처럼 요란하게 떨어졌다. 추위에 떨었던 나는 아랫목에 들어가 몸을 녹이다 스르륵 잠이 들었다. 화들짝 잠을 깬 나는 시계를 보고 깜짝 놀랐다. 벌써 밤 10시가 되었다.

'비가 오는데 엄마는 왜 안 오지?'

낮잠을 잔 탓인지 한 번 깬 잠은 쉽게 오질 않았다. 엄마는 새벽이 되어도 집에 돌아오지 않았다.

아침이 되어 눈을 떴다. 하늘을 보니 날이 개기 시작했다. 비구름은 북한산 너머로 뭉글뭉글 몰려갔다. 혼자서 아침밥을 챙겨 먹고 학교로 향했다. 엄마는 집으로 돌아오지 않았는데 하늘은 언제 비가 내렸냐는 듯 파랬다. 학교가 끝나자마자 부랴부랴 집으로 달려왔다. 그러나 엄마는 그날도 집에 돌아오지 않았다.

겁이 덜컥 났다. 불안을 끌어안고 잠을 자는 어둠은 나 혼자 지키기에 너무 길고 무서웠다. 그래서 몇 번씩 문이 잠겼는지 확인했다. 가겟방 문고리가 제대로 맞물려있는지 만져보았다. 아무래도 날이 밝으면 시골에 계신 아버지에게 연락을 해야겠다는 생각을 하다가 간신히 잠이 들었다. 날이 밝자 나는 깔깔한 밥을 먹고 학교에 갔다. 찬우가 나를 보고 뛰어왔지만 시무룩해진 나는 반가운 표정을 짓지 못했다.

"미래야."

"왜, 찬우야?"

"니네 엄마 우리 집에 있어."

"니네 집에? 왜?"

"우리 할머니가 그러시는데 산에서 좀 다쳤데. 오늘 너네 집에 간다고 했어."

"그래? 진작 얘기해 주지. 난 무척 걱정했는데…."

"미안해. 할머니가 아무한테도 말하지 말라고 그래서."

찬우 말대로 엄마는 집으로 돌아왔다. 3일 만에 집에 온 엄마는 소금에 절여진 배추를 소쿠리에 건져 내고 있었다.

"엄마!"

와락 반가웠지만 뚝뚝 서러움도 같이 눈물이 되어 떨어졌다.

"미안하구나, 엄마가 사정이 있어 연락을 못 했어. 걱정 많이 했지?"

끄덕끄덕. 나는 대답 대신에 고개를 흔들었다. 안심이다. 나는 엄마가 돌아온 것만으로도 좋아서 어떤 낯선 아저씨가 목사님을 찾더라는 것도 까맣게 잊어버렸다.

겨울 방학이 점점 가까이 다가왔다. 아직 눈은 내리지 않았지만 올해는 성탄절에 눈이 왔으면 좋겠다는 기대를 했다. 날씨가 추워서 그런지 그 많던 똥파리가 순식간에 사라졌다. 간혹 한 마리가 창턱에 앉았는데 날개를 움직이지도 못하고 파르르 떨기만 했다.

그런데 엄마는 파리처럼 기운을 차리지 못하고 아랫목에 누워만 있었다. 겨레를 잃은 슬픔을 털어버리는가 싶었다. 어디 간단 말도 없이 며칠 만에 집에 돌아온 엄마는 병이 난 강아지처럼 일어나질 않았다. 어두컴컴한 방안에 누워있는 엄마의 등허리는 산속에 뚫려있는 동굴처럼 어둡고 암담하게 느껴졌다. 외할머니 말대로 부엌에 햇빛이 안 들어서 동생도 죽고 지금 엄마도 아픈 게 아닌가 하는 생각이 들었다.

"엄마! 어디 아파?"

"아니, 배고프면 밥 먹어."

엄마는 보자기 덮어놓은 밥상을 가리켰다. 살아야 할 사람이 일찍 세상을 떠나면 남아있는 가족들도 견디기 힘이 든다. 나도 가끔 겨레 생각이 났다. 되돌릴 수 없는 동생의 죽음 뒤에 내가 있었다. 차라리 겨레 대신에 내가 죽었다면 어쨌을까. 평생토록 잘못을 뉘우치며 사는 것보다는 내가 희생하는 편이 더 좋았을지도 모른다는 생각을 했다. 저러다 엄마마저 죽게 될까 봐 걱정이 되었다. 그래서 나는 난로도 없는 천막교회에 열심히 갔다. 내가 죽은 동생과 아픈 엄마를 위로할 수 있는 방법은 기도하는 것밖에는 없었다고 여겼다. 외할머니가 그랬던 것처럼.

집에 돌아오면 저녁밥을 먹기가 바쁘게 교회로 향했다. 난로가 없어 천막 안은 무척 추웠다. 그래도 불평을 하지 않았다. 연극할 때 입을 옷은 아직 준비가 되질 않아 소품만 들고 주인공 기분을 냈다. 찬우는 종이로 만든 수염을 붙였고 나무막대기를 지팡이 대신 들었다. 나는 인형을 갖고 아기 예수라고 했다. 목사님은 연습이 끝날 때쯤 호빵이랑 귤이랑 사 왔다. 저녁밥을 먹고 모여도 연습을 하다 보면 배는 금세 꺼져 간식은 바닥에 놓기가 무섭게 먹어치웠다.

"계십니까?"

우리는 모두 천막을 젖히고 열고 들어오는 남자에게 시선을 돌렸다.

그 남자였다. 카메라를 어깨에 둘러멘 남자.

찬우와 나는 서로 눈빛을 주고받았다. '너, 저 사람 기억나니?' 우리는 아저씨를 기억했지만 그 아저씨는 우리를 기억하지 못하는 듯했다.

"얘들아, 목사님이 어디 계시니?"

"잠깐 밖에 나가셨는데요."

"아, 그래. 너희들 연극연습을 하는구나. 아저씨가 기념으로 사진 한 장 찍어줄까?"

"아저씬 누구세요?"

"나? 사람을 찾아다니는 사람이지. 자, 모두 바깥으로 나가서 찍자."

사진을 찍어준다는 말에 우리는 우르르 밖으로 나갔다. 해가 짧아져 날은 벌써 저물고 있었다. 우리는 빨리 자리를 잡고 서라고 서로에게 소리쳤다. 나는 인형을 들고 찬우의 팔을 붙잡았다. 향로봉 바위를 배경으로 자세를 잡았다. 우리 등 뒤에는 높은 산이 드리웠고 넓은 하늘도 있었다. 사진을 찍는다는데 신이 난 아이들은 장난기 많은 몸짓으로 한바탕 웃음을 만들었다.

"자! 웃어라. 하나 두울 셋!"

번쩍. 아주 강하고 환한 불이 눈앞에서 터졌다.

"아저씨, 그 사진 언제 주실 거예요?"

"내일, 또 올게."

"내일 또 와요? 그러면 내일도 또 사진 찍어 주세요."

"으흐흐, 그래 내일 또 오마. 니가 마리아 역을 맡은 아이구나."

"네."

"이름이 뭐니?"

"양미래라고 해요."

"양미래? 연습은 재미있니?"

"연극을 처음 해보는 거지만 아주 재미있었어요. 목사님이 그러는데 이번 연극을 잘 마치면 교회에 난로도 들여놓을 수 있다고 했어요. 동네어른 몇 분이 우리 연극을 도와준다고 그랬거든요. 그리고 저는 나중에 연극배우가 될 거예요."

"그래에? 나중에 배우가 되면 '미래'라고 예명을 지으면 되겠구나."

"그런데 아저씨는 왜 우리 목사님을 찾으세요?"

"너희들은 좀 커야 알 수 있는 일들이지. 아마 느이 목사가 내가 여기 있다는 걸 알면 깜짝 놀랠 걸. 으흐흡. 자, 나는 간다."

카메라를 둘러맨 남자의 구부정한 뒷모습은 그의 웃음소리만큼이나 기분이 나빴다. 우리도 가끔 슬픔을 감추긴 하지만 웃음을 가면처럼 써먹진 않는다. 우리는 때와 장소를 가리지 않고 늘 웃고 다녔다. 웃을 일이 생기면 참을 수도 없이 풍선 터지듯이 웃음보를 터트렸다. 그런데 웃음소리가 저렇게 기분 나쁠 수 있다니. 마치 괴기스런 고목나무가 바람에 흔들리는 것처럼 음산했다. 카메라 아저씨가 가고 난 한참 후에 목사님이 들어섰다.

"자, 얘들아! 호빵 먹자."

"목사님, 아까 어떤 남자분이 찾아왔었어요."

"남자?"

"네, 카메라를 들고 있었거든요."

"우리 사진을 찍어줬어요."

"내일 또 올 거래요."

"그래?"

우리는 호빵을 먹느라고 정신이 팔려 목사님의 얼굴에 슬쩍 어두운 그늘이 스치는 걸 보지 못했다. 그리고 슬그머니 자리에서 일어나 천막을 제치고 밖으로 나가는 우울한 뒷모습도 보지 못했다.

큰댁에 가셨던 아버지가 돌아오셨다. 거의 석 달만이었다. 예고도 없이 아버지가 나타나자 집안은 갑자기 부산스러워졌다. 버럭 소리를 질러대는 아버지의 호통에 거의 누워만 지내던 엄마는 누렇게 뜬 얼굴로 주섬주섬 움직였다.

"오랜만에 서방이 찾아왔는데 왜 이렇게 애 밴 여자처럼 어그적거리고 있어!"

엄마는 그 호령이 떨어지자 그제야 부스스 부엌으로 들어갔다. 오랜만에 돌아온 아버지가 반가웠던 것도 잠시뿐이었다. 윽박지르는 주인의 낯을 피해 마루 밑으로 기어가는 강아지처럼 나는 방안으로 냉큼 들어가 버렸고, 아버지의 잔소리에 시달리는 엄마의 슬픈 얼굴을 걱정하며 이내 잠이 들었다. 머리 검은 짐승은 거두는 게 아니라며 세상에서 가장 어려운 일이 사람이 변화되는 일이라던 외할머니의 말이 꿈결에서 들리는 것 같았다.

드디어 성극 마지막 총연습 날이다. 공연을 앞두고 있어서 그런지 긴장이 되었고 약간 흥분이 되기도 했다. 마음이 분주한 우리처럼 목사님도 바쁘신지 하루 종일 나타나지 않았다. 나는 옷장을 뒤져 찾아낸 엄마의 긴 머플러를 머리에 늘어뜨렸다. 돌아가신 외할머니 생각이 났다. 이럴 때 외할머니가 살아계셨다면 손수 재봉틀을 꺼내 인형 옷을 만들던 솜씨로 마리아 옷을 만들었을 텐데.

희옥이가 이불 홑청을 가져왔다. 가져온 이불 홑청을 접어 동그랗게 잘라냈다. 병찬이가 그 구멍으로 머리를 들이밀고 허리를 끈으로 묶었더니 바느질을 할 필요도 없었다. 어설프긴 해도 아라비아 상인처럼 이국적인 느낌은 났다. 찬우만 아직 옷을 마련하지 못했다. 희옥이가 자른 광목천을 보자 번뜻 아이디어가 생각이 났다.

"찬우야, 내게 좋은 생각이 있어. 내가 연극하는 날 네 옷을 만들어줄게."

"그래? 알았어."

찬우는 비로소 활짝 웃었다. 아마 말은 안 했지만 속으로는 무대복을 구하지 못해 걱정을 했을 것이다. 많은 사람들이 모인 곳에서 연기를 할 생각을 하니 꿈만 같았다. 떨리긴 해도 사람들

앞에서 뭔가 보여줄 수 있다는 건 굉장한 일이었다. 그날은 아마도 최고의 날이 될 것이다. 하지만, 그날은 내 생애의 최악의 날이 되었다. 사실 최고와 최악은 똑같았다. 마음속에 깊이 새겨진 것은 평생 지울 수가 없었다.

"너희들 아주 열심히 연습을 하는구나."

카메라 아저씨가 천막을 젖히고 들어왔다.

"자, 여기 사진을 뽑아왔다. 한 장씩들 가져라."

"와!"

정말로 사진을 뽑아왔네. 공짜로 주는 사진을 받고 보니 사람까지 달라 보였다. 카메라 아저씨는 걱정했던 것처럼 그리 나쁜 사람 같지는 않은 것 같다. 찬우는 신기한지 사진을 한참 들여다보더니 성경책 갈피 속에 집어넣었다. 나도 구겨질까 봐 사진을 수첩 안에 꽂아 넣었다.

"그런데 목사님은 지금 안 계세요."

"그래? 그럼 기다려야지. 그런데 너네 안 춥니?"

"조…금, 추워요."

"난로도 없이… 쯔쯔."

카메라 아저씨는 목사님 책상 곁으로 갔다. 들뜬 마음을 가라앉히고 진지하게 연습에 몰두하려 했지만 자꾸 그 아저씨가 신경이 쓰였다. 우리는 지켜보는 것도 그렇고, 툭툭 내뱉는 불평도 거슬렸다. 우리는 추위를 참을 만큼 연극이 좋았지만 카메라 아저씨는 추위가 견디기 힘들었는지 내일 또 오겠노라며 천막을 나섰다.

"이러다 감기 들어서 진짜 공연을 못 하게 되면 어떻게 해?"

그것도 맞는 말이었다. 참았던 추위가 한꺼번에 몰려오는지 덜덜 떨려 더는 천막 안에 있을 수가 없었다. 우리는 기다렸다는 듯이 죄다 천막 안에서 나왔다. 그래도 마음 한구석은 몹시도 뿌듯했다. 내일이면 그동안 고생했던 수고가 빛을 발하게 될 것이다.

"그래도 우린 정말 대단하다. 어떻게 그 많은 대사를 다 외울 수가 있지?"

"그건 우리가 똑똑하다는 말이지."

"난 내가 이렇게 잘할 줄 몰랐어."

"나도 그래."

열등하다고 생각했던 우리였다. 내가 내 자신한테 놀랐다. 초라했던 내가 저기 하늘에 떠 있는 달보다 위대해졌고 반짝이는 별처럼 빛나 보였다. 실패한 어른들 틈에서 뭔가를 할 수 있다니 생각할수록 대견하고 기특했다. 그러나 실패한 환경을 피하는 일은 불가능했다. 대문을 열고 불 켜진 방안에서 흘러나오는 소리에 난 잠시 환상 속에 취해있었음을 깨달았다. 연극은 한낱 꿈에 불과했다. 아무것도, 아무것도 변한 게 없었다.

"말 안 들엇! 이런 쓸데없는 데 정신을 팔 거야 말 거야!"

"여보. 그건 억지예요."

"그래! 끝까지 교회에 가겠다고 고집을 피우겠다 이거지? 오늘 아주 끝장을 내자."

"악!"

"엄마! 엄마아아아앗."

난 후다닥 철문을 젖히고 방안으로 들어갔다. 방바닥은 온통 찢겨진 성경책과 찬송가로 아수라장이 되어있었다. 낱장으로 찢겨진 종이처럼 터진 엄마의 얼굴에서는 여기저기 벌겋게 붉은 핏물이 흘러내렸다.

"아버지! 그만 하세요!"

"너! 저리 안 비켜!"

"아버지, 잘못했어요. 엄마를 살려 주세요."

"저리 못 비켜!"

"아버지, 잘못했어요. 용서해주세요."

나는 무릎을 꿇고 매달리다가 밖으로 뛰쳐나갔다. 저러다가는 엄마가 죽을 것만 같았다. 다급한 목소리로 쌀집 아저씨네로 달려갔다.

"아저씨, 우리 엄마가 다 죽어가요."

동네 사람들이 우르르 몰려왔다. 사람들은 누가 뭐라고 할 것 없이 지나가는 택시를 붙들어 대기시켰고 쌀집 아저씨는 쌀가마

니를 메듯 엄마를 둘러업었다. 몇몇 어른들이 '한잔하자'며 아버지를 끌고 나가려고 했으나 아버지는 푸, 푸, 한숨을 쉬며 땅바닥만 쳐다봤다. 당장이라도 큰일 날 것 같은 분위기는 일단 진정이 된듯했다. 기웃거리던 동네 어른들은 소란이 가라앉자 하나 둘씩 사라졌다.

나는 대야에 물을 담아 방바닥에 묻은 핏자국을 닦았다. 눈물이 자꾸 났다. 나로서는 어떻게 해결해 볼 수 없는 이 상황이 서글펐다. 엄마가 죽으면 어떻게 하나. 혼자 살 생각을 하니 겁이 덜컥 났다. 그래도 난 믿고 싶었다. 괜찮아지겠지. 이러다가 내일은 아무 일도 없었다는 듯이 말짱할 거야. 언제나 그랬던 것처럼.

얼마나 지났을까 울다 잠이 든 나는 마루 밖에서 웅성웅성하는 소리에 귀를 열었다. 어렴풋이 실눈을 떴다.

"양 대위, 미래 엄마 뱃속에 얼라가 있었다는구먼."

"허 참!"

"3개월이었다데. 수술을 했으니 며칠 있으면 곧 퇴원하게 될 거야."

"어떤 새끼라고 말은 안 합디까?"

"양 대위! 이사람, 그만하구료. 이제 와서 그걸 따지면 뭐해요. 그동안 양 대위가 집을 비웠잖아. 그게 실수였을 거라고. 하긴 내가 저, 천막교회 목사랑 같이 있는 걸 가끔 보긴 했는데 설마…? 에이, 아닐 거야."

"모옥싸아? 내 이 새끼를 그냥."

"아, 아니야. 그게 확실한 증거가 있는 것도 아니잖아. 미래 엄마에게 직접 물어보라고."

그날 밤 나는 아이를 낳는 꿈을 꾸었다. 내 방 창문에 흰옷을 입은 천사가 날아왔다. 천사 날개 뒤에서 뿜어대는 광채가 온 방을 환하게 밝혔다. 그런데 그 천사 얼굴이 겨레 얼굴로 바뀌어있었다. 겨레야!

휘어진 십자가

아침, 후다닥 눈을 떴다. 꿈을 꾸었다. 정말 꿈이라고 믿고 싶었다. 간밤에 일어났던 일들이 진짜가 아니고 흉한 꿈이었다고. 눈을 떴어도 여전히 받아들이기 어려운 현실로 혼란스러웠다. 푸석푸석 눈은 부었고 온몸은 뭔가에 흠씬 얻어맞은 듯하다. 엉망이 되었던 간밤의 일들이 생각이 났다. 방안에 아버지는 없었다.

'아침 일찍 어디 가셨지?'

묵직한 몸을 일으켜 수돗가로 갔다. 기온이 훌쩍 내려가 공기가 싸늘했다. 먹먹한 가슴 안으로 차가운 하늘이 내려앉았다. 물통에 받아 놓은 물 표면에 살얼음이 생겼다. 바가지로 톡톡 살얼음을 부서뜨렸다. 서걱거리며 부서지는 살얼음 사이로 말간 물이 솟아올랐다. 찬물에 손을 담그니 아렸다. 눈물이 핑 돌았다.

울지 말아야지. 아린 손으로 새어 나오는 눈물을 꾹꾹 눌러 닦았다. 고개를 들다 라일락 나무 아래에 놓인 플라스틱 통을 발견했다.

'저게 뭐지?'

통 안에 하나 가득 액체가 채워져 있었다. 뚜껑을 여니 석유 냄새가 풍겼다.

'난로를 새로 들여놓으려나?'

석유는 난로를 켤 때 필요하다. 그런데 용도 이상의 어떤 수상함, 묘한 의혹이 둥지가 박살 나버린 아이의 뇌리를 스쳤다. 아주 잠깐, 짧고 미미한 불안은 의문만 남기고 이내 사라졌다. 거듭된 인생실패와 수없이 되풀이된 잘못된 인간관계에서 삶의 이치를 깨달은 어른들이나 석유를 다른 용도로도 쓸 수 있다고 상상할 일이었다. 세상은 어떤 힘에 의해 원치 않는 방향으로 무지막지하게 흘러갔다. 아무리 노력해도 결과를 얻지 못하는 이유가 그런 이치 때문이라는 걸 어린아이는 알 수 없었다. 세상을 높이 들 수 없는 꼬마는 안전한 보금자리 안에 있어야 했다. 그런데 그만 울타리가 박살이 나고 말았다. 슬프고 서러웠다. 주섬주섬 깨진 둥지를 보듬기엔 나는, 작고, 어렸다. 썰렁한 부엌에 들어섰다. 조막손으로 콩나물을 씻어 국을 끓였다. 팬에 기름을 두르고 얇게 썬 두부를 지졌다. 양념장을 끼얹은 두부조림은 아버지가 좋아하는 반찬이다. 엄마가 만들어놓았던 가지나물무침과

김치, 그리고 계란부침을 밥상에 올려놓은 다음 상보자기를 덮어놓고 공터로 향했다. 가슴에서 휑한 바람 소리가 났다. 갑자기 세상을 잃은 듯했다. 화난 아버지의 마음이 누그러졌으면. 엄마가 집에 돌아오면 차려진 밥상으로 위로를 받았으면. 그런 생각을 하니 자꾸 눈물이 흘렀다.

터덜터덜. 천막교회로 향했다. 신발이 터덕거렸다. 나무에서 뻗어 나온 앙상한 마른 잔가지는 하늘을 찌를 것처럼 얇고 뾰족했다. 새들조차 추위에 숨어버렸는지 텅 빈 하늘은 너무 넓어서 새 꼬리를 닮은 구름은 쓸쓸해 보였다.

"미래야! 어디 가니?"

탱글탱글한 귤이 담긴 궤짝을 가게 밖으로 내놓던 슈퍼마켓 아저씨가 나를 보고 아는 체를 했다. 나도 아저씨를 향해 웃음을 지었는데 그만 눈가에 맺혔던 물기가 방울이 되어 뺨에 떨어졌다. 의아한 표정을 짓던 아저씨가 내게 말을 건넬까 봐 나는 고개를 숙이고 재빨리 뛰었다. 창피했고 서러웠다. 사라진 개천 옆을 바람과 내가 지나갔다. 바람을 가르는 가슴은 갈가리 사방으로 흩어졌다. 뛰면서 나는 생각했다. 독박골을 떠나고 싶다는. 아, 독박골이 아니었다. 처음으로 죽고 싶다는 생각을 하게 된 거다. 나도 어른이 되어가고 있었다.

아이들도 벌써 공터에 모여 햇볕을 쬐고 있었다. 나는 아이들을 향해 일부러 미소를 지었다. 아무도 엉망이 되어버린 우리 집 사정이 어쩐지 눈치채지 못했다. 태연하게 나는 아이들과 함께 우르르 햇살이 차단된 천막 안으로 들어갔다. 빛이 차단된 천막 안은 고목나무에 난 구멍처럼 어두웠다. 전등을 켜고 냉기에 익숙해지기 위해 각자 자기 손을 비볐다. 으, 춥다. 아이들의 입에서는 뽀얀 수증기가 나왔다. 도로 밖으로 나갔지만 식어버린 체온은 햇빛 아래에 있어도 덜덜 떨렸다. 천막 안과 밖을 들락거리다가 마음을 잡고 우선 배경으로 쓸 무대부터 만들기로 했다. 바닥에 종이를 펼쳐서 말이 먹고 자는 마구간을 그렸다. 색칠하기를 좋아하는 나였지만 팔이 떨어져 나가는 것 같았다. 옆에서 같이 그림을 그리던 찬우도 힘이 드는지 '에휴, 에휴.' 엄살을 피웠다. 그림을 그리기 싫은 핑계로 문방구에 가는 심부름은 찬우가 나섰다. 학교 앞에 있는 문방구까지 거리는 만만치 않았다. 찬우는 두 번이나 뛰어갔다 왔는데 날씨가 추워서 그런지 이마엔 땀방울도 맺히지 않았다.

찬우가 입을 겉옷을 만들어야 했다. 나는 찬우더러 팔을 벌리라고 하고 크기를 어림잡아 창호지를 이어 붙였다. 희옥이가 이불 홑청에 구멍을 내어 무대복을 만들었던 것처럼 나는 창호지로 요셉의 옷을 만들었다. 박음질로 꼼꼼하게 종이들을 연결해 옆 솔기와 어깨솔기를 꿰맸다. 그리고 손으로 조심스레 종이를 구겼다. 창호지를 구기자 뻣뻣한 종이는 광목보다 더 보드라워졌다. 찬우에게 입혀보았더니 얼추 맞았다. 그리고 밧줄로 허리춤을 묶었다. 영락없는 이스라엘 사람 복장이다.

"이거 찢어지니까 조심해서 입어야 해."

"햐, 너 진짜 솜씨 좋다."

한편에서는 아이들이 조막손을 움직이며 색칠을 한 커다란 종이를 천막에 붙이고 있었다. 의자를 이용하고 빗자루 대를 높이 쳐들었다. 흔들거리는 천막에 붙여놓은 종이는 금방이라도 떨어질 것 같았다. 셀로판테이프가 종이의 무게를 이겨낼지 염려되었다. 그래도 천막 벽에 그림을 붙여놓고 감상하니 제법 마구간 같았다. 그럴듯한 배경이 만들어졌다. 연극 시작하기 전에 사람들이 미리 보게 되면 시시해지니까 색칠한 그림 위에 종이를 한 장씩 덧붙여 그림을 가렸다.

배가 고팠다. 오늘 같은 날은 자장면이라도 시켜주면 좋겠는데. 온갖 기대를 품어보지만 목사님은 아직 천막교회에 오지 않았다. 나는 배가 고프면 정신이 혼미해지고 괜히 신경질이 났다. 우리는 목사님이 돈이 없는 모양이라며 쑤군거렸다. 서운함도 들었다. 우리가 이 고생을 하는데 점심도 챙겨주질 않지?

"집에 갔다 올까?"

"그래, 가서 밥 먹고 오자."

말은 그렇게 했어도 다들 뭔가를 기다리며 머뭇거렸다. 오후

4시가 다 되어서야 목사님은 라면을 끓인 냄비를 들고 천막 안으로 들어왔다. 라면에 반찬은 김치뿐이지만 배가 워낙 고팠던 터라 국물까지 말끔하게 비웠다. 한 젓가락이라도 더 먹으려고 모두들 재빨리 후루룩 면발을 삼켰다. 라면이니 밥이니 그런 건 중요하지 않다. 배를 채우고 나니 손해 본다는 생각이 사라졌다. 라면 먹기 전까지 머릿속에 가득했던 불평이 단번에 쏙 들어갔다. 배가 부르니 몸이 늘어졌다. 식사를 마친 자리를 치워야 했지만 아무도 나서지 않았다. 누군가 하겠지. 그 누군가는 찬우였다. 찬우는 냄비에 수저를 집어넣고 지저분해진 신문지를 돌돌 말았다. 한 사람이 움직이자 그제야 모두들 찬우를 돕는 시늉을 했다.

"여, 이거 식사 중이신가요?"

"다, 당신은."

당황하는 목사님, 거들먹거리는 카메라 아저씨. 우린 누가 불리한 입장인지 단박에 눈치를 챌 수가 있었다.

"여기 있으면 내가 못 찾을 줄 알았소?"

"잠, 잠깐 밖으로 나갑시다."

우리는 기웃기웃 천막을 살짝 벌리고 밖을 내다봤다. 공터 저편에서 목사님은 벌겋게 된 얼굴로 뭔가를 설명하며 두 팔을 올렸다 내렸다. 카메라 아저씨는 팔짱을 끼고 듣고 있었다. 목사님은 왜 저렇게 쩔쩔맬까? 카메라 아저씨가 몸을 돌리자 목사님이 그의 팔을 붙잡았다. 카메라 아저씨는 그 손을 뿌리쳤다. 그러자 다시 목사님이 팔을 양손으로 붙잡고 못 가게 했다. 카메라 아저씨는 몇 발자국 앞으로 내디뎠고 목사님은 그 뒤를 좇았다.

“저 사람 나쁜 아저씨인가 봐.”

아이들은 카메라 아저씨가 나쁜 사람일 거라고 쑤군댔다.

“그야 알 수 없지.”

“그럼, 넌 목사님이 나쁜 사람이라는 말이니?”

“알 수 없다고만 했을 뿐이야.”

“분명, 저 카메라 아저씨가 나쁜 사람일 거야.”

“….”

두 사람이 천막 가까이로 다가오자 목사님의 말소리가 분명하게 들렸다.

“나도 마음을 고쳐먹고 있으니 날 좀 그만 내버려 둬요.”

“그 말을 나더러 믿으라는 말이요? 또 지금 무슨 사기를 치려고 연극 따위를 하는 거요?”

“사기라니? 무슨 말도 안 되는 소리를?”

“알았소. 내가 당신을 지켜보고 있다는 것을 잊지 마시오.”

천막 안으로 들어온 목사님의 인상은 평소와는 달랐다. 양 미간에 두꺼운 주름이 잡혔고 늘 미소를 짓던 입매는 일자였다. 너무도 무서운 인상에 우리는 모두 한곳으로 슬금슬금 모였다. 게다가 목사님이 갑자기 우리를 향해 큰소리로 버럭 소리를 질렀다.

"왜 너희들, 연습 안 하고 있는 거야!"

흠칫. 우린 깜짝 놀랐다. 목사님도 독박골 어른들처럼 화를 냈다. 누구나 화를 낼 수는 있겠지만 목사님도 다른 어른들과 다를 바 없다는 것이 놀라웠고 당황스러웠다. 놀란 우리는 말없이 서로의 얼굴을 쳐다보았다. 목사님은 의자에 앉아 손으로 이마를 짚으며 눈을 감았다. 우리는 조용히 천막 밖으로 나왔다.

"너희들 연습하고 있어. 나 할머니 모셔올게."

"찬우야! 빨랑 와. 옷 갈아입어야 하니까."

"응. 알았어."

찬우가 천막을 떠나자 더 조용해졌다. 모두 입을 다물었다. 아무도 연습을 하자고 나서지 않았고 분장을 하자고 재촉하는 아이도 없었다. 다들 주머니에 손을 꽂은 채 발끝으로 땅바닥에 뭔가를 썼다. 시무룩한 시간이 흐르고 가라앉은 기분은 좀처럼 살아나지 않았다. 연극을 보러 일찍 친구들이 공터에 나타나지 않았더라면 의욕은 점점 더 가라앉았을 것이다. 기웃기웃 계곡 쪽을 바라보며 찬우를 기다렸다.

"얘는 왜 이렇게 빨리 안 와? 대사도 한 번 더 맞춰봐야 하는데…."

공연이 거의 시작할 즈음에 찬우가 할머니를 부축하고 공터에 들어섰다. 우리는 찬우 할머니에게 인사를 했다.

"안녕하세요? 찬우 할머니! 야, 너 이제 오면 어떻게 해?"

"미안해. 할머니가 걸음이 워낙 느려서 말이야."

우리는 천막 안으로 들어섰다. 힐끔 목사님이 계신 책상 쪽을 바라보았다. 의자에 머리를 기대고 눈을 감고 있는 목사님은 우리가 들어오는 기척에도 반응을 보이지 않았다. 우리는 무대 위에 서서 연습을 시작했다. 찬우는 벌써부터 흥분했는지 자꾸 대사를 까먹었다.

"너 때문에 오늘 연극 다 망치는 거 아냐?"

"그럴 리가. 안 틀리도록 정신 차릴게."

"너 지금 얼굴이 잔뜩 얼어 있어."

"야, 근데 사람들 벌써부터 들어오기 시작하네."

"그래서 난 지금부터 떨려."

"벌써 떨면 어떻게 해."

"분장도 해야 되니까 정신 차려."

연습은 포기하고 서둘러 모두들 무대복으로 갈아입었다. 나는 배에 방석을 두르고 끈으로 묶었다. 찬우가 뒤에서 끈을 묶도록 도와주었다. 그 위에 천을 두르니 꼭 임신한 여자 같았다. 엄마가 쓰던 긴 머플러를 머리 위에 덮었다. 찬우는 수염을 길게 만들어 달았다. 그렇게 하니까 제법 요셉 같았다. 머리에 세로줄 무늬 수건을 쓰고 노끈으로 꽈서 만든 머리띠를 둘렀다.

"이 머리두건이 자꾸 벗겨져."

"그러니까 단단하게 묶어야지."

찬우는 내가 만든 종이옷을 몸에 걸쳤다. 종이이긴 하지만 그럴듯했다. 찬우가 입은 종이옷도 멀리서 보면 광목천처럼 보였다. 찬우와 나는 영락없는 아기예수의 엄마아빠가 되었다.

"빈방 있습니까."

찬우가 굵은 목소리를 냈다.

"방이 없습니다."

나도 음성을 밑으로 깔며 남자 목소리를 흉내 내었다. 낄낄. 나귀 역을 맡은 동철이는 말 가면을 만들어 얼굴에 뒤집어썼다. 나귀는 대사가 없어도 되니까 제일 나이 어린 동철이를 시켰다. 그래도 제일 눈에 띄는 건 천사 분장을 한 희옥이였다. 실은 천사 역도 욕심이 났다. 하지만 주인공은 마리아니까 나는 희옥이에게 예쁘다는 말은 하지 않았다.

몰려온 동네 아이들은 벌써 맨 앞줄에 자리를 잡고 있었다. 낯익은 학교 친구들 얼굴도 보였다.

"야, 니네들 근사하다."

"멋있지?"

우리도 무대 아래에 자리를 잡았다. 찬우는 출입구 쪽에 앉았고 나는 그 옆에 앉았다. 천막 안은 사람들로 꽉 차서 난로가 없어도 후끈거렸다.

"미래야, 나 오줌 좀 누고 올게."

"너, 진짜 긴장되나 보다."

공터에 화장실은 없었다. 그냥 공터 한쪽 구석에서 쭈그리고 볼일을 보면 되었다. 찬우가 소변이 마렵다고 하니까 나도 오줌을 누고 싶었다. 하지만 예배가 곧 시작했기 때문에 난 움직이지 않았다. 목사님의 양복차림은 다른 날과는 달리 더 엄숙해 보이고 말쑥해 보였다. 하지만 목사님의 얼굴 표정은 여전히 화가 난 듯 굳어있었다.

찬우가 수염을 손으로 붙잡으며 천막을 제치고 들어왔다.

"빨리 와. 지금 예배 시작했어."

"미래야. 저 말야."

"응?"

"밖에…."

"빨리 말해."

"니네 아버지가 와 있는 것 같아."

"뭐라구?"

"그리고 니네 아버지가 천막 주변에다 뭘 뿌리고 있는 것 같아."

"뭐라고? 잘 안 들려."

귀에다 소곤거리는 녀석의 목소리는 모깃소리만 하게 작았다. 하지만 분명히 '아버지'란 말은 정확히 들렸다. 아버지가? 왜? 어쩌면 아버지가 나를 찾아왔는지도 모른다. 정말 아버지가 왔다면 나도 아마 엄마처럼 매를 맞을지도 몰라. 아버지 눈에 띄지 않게 숨어야 할 것이다. 가슴이 마구 뛰었다. 숨을 곳을 찾아야 했지만 설교가 끝나고 나면 곧 연극의 막이 오를 텐데. 설마하니 이렇게 사람이 많은 데서 나한테 뭘 어쩌겠어.

"…."

그래도 신경이 쓰였다. 나는 아버지가 천막을 걷고 들어올까 봐 자꾸 출입구 쪽을 돌아보았다.

찬송가를 부른 다음 목사님의 기도가 시작되었다.

"사랑하는 하나님, 오늘 우리가 우리의 죄를 위해 이 세상에 오신 예수님의 탄생을 기념하고자 합니다. 이 자리에 참석한 우리에게 많은 은혜를…."

"야잇, 개새끼야 다 집어치워!"

우리는 느닷없는 고함소리에 눈을 떴다. 아버지였다. 찬우가 보았다던 아버지가 천막 안으로 들어왔다. 나를 찾으러 온 줄 알고 나는 자리에서 벌떡 일어섰다. 천막 안의 사람들이 급작스런 등장에 웅성거렸다. 하지만 아무도 아버지를 말리지 못했다. 아버지는 워낙 빠른 속도로 사람들을 헤치고 목사님 앞으로 다가갔기에 모두들 입만 벌린 채 바라만 봤다. 목사님은 강대상을 양팔로 잡은 상태로 아버지 쪽으로 고개를 돌렸다.

"이 새끼, 남의 여편네를 건드려? 지옥에나 가라."

"으악!"

불빛에 번쩍 은빛은 가볍게 허공을 갈랐다. 빠른 속도로 아버지는 팔을 휘둘렀고 움켜쥔 손안의 정체를 알아차리는 데는 다소 시간이 흘렀다.

칼.

목사님이 얼굴을 감싸 쥔 손가락 사이로 피가 뚝뚝 떨어져 흘렀을 때야 공기를 가르던 물건이 칼이었음을 알았다. 얼굴을 가리며 비틀비틀 목사님이 밖으로 튀어 나가자 사태를 파악한 사람들이 웅성거리며 우수수 일어났다. 입구 쪽으로 몰리는 건 순식간이었다. 너도 나도 빠져나가려고 아우성을 치느라 천막 기둥이 흔들렸다. 기둥이 무너지려는 데 아버지는 품안 에서 뭔가를 꺼내 켰다. 라이터였다.

"이따위 허무맹랑한 것들은 모두 없애야 해!"

아버지는 불이 붙은 라이터를 천막에 갖다 댔다. 불길은 순식간에 무대에 붙여놓은 종이를 삼켰다. 푸르르 종이에 불이 붙자 천막은 갑자기 환해졌다. 천막은 순식간에 불이 붙었고 버팀돌이 되었던 기둥은 사람들 위로 쓰러졌다. 기둥이 쓰러지자 천막은 사람들을 덮었다. 천막지붕 아래 깔린 사람들은 괴성을 질렀고 아이들은 소리 내어 울었다. 연극을 보기 위해 참석한 어린애들과 나이든 어른들은 엉키고 밟혔다. 나는 누군가의 몸집 아래 깔리고 말았다.

사라진 도시

'양미래, 사라진 도시에 선 그녀'

독박골은 그녀의 기억 속에만 존재하는 동네가 되어버렸다. 세계적인 인물을 탄생시킨 독박골, 지금은 과거의 어떤 흔적도 남아있지 않은 동네다. 독박골은 북한산의 산세를 끼고 사대문 밖에 형성되었던 변두리 동네다. 한국전쟁이 끝난 직후에 사람들은 폐허가 된 서울을 떠나 서울변두리에 자리를 잡기 시작하면서 동네가 형성되기 시작했다.

주민들의 증언에 의하면 그 동네에 교회가 들어서면서부터 발전되기 시작했다고 한다. 동네에 들어선 교회는 공터에 가건물을 세워놓고 무료로 영화상영도 해주고 성극을 지도하는 등 먹고 살기에 바쁜 어른들을 대신해서 버려진 아이들의 인성 형성에 적지 않은 영향을 끼쳤다고 한다.

그 아이들 가운데 양미래라는 인물도 속해있었지만 그녀가 세계적인 인물로 성장하기까지는 굴곡 많은 어린 시절을 보내야 했다. 미래 씨의 아버지 양준만 씨가 그 교회 목사에게 상해를 입히고 불을 지르는 바람에 그곳에 참석했던 상당한 수가 중경상을 입게 되었다. 왜 미래 씨의 아버지가 목사에게 횡포를 부렸는지 자세한 내막은 밝혀지지 않았지만 그 일로 인해 천막교회가 전소되고 미래 씨와 그녀의 어머니는 동네를 이사 갔기 때문에 그다음의 행적은 묘연해졌다. 양미래 씨가 자신의 과거를 숨길 수밖에 없었던 것은 아마도 우울했던 어린 시절 때문이었을 것이다. 하지만 지금 그녀는 세계 위에 우뚝 서 있는 대한의 딸로 한국에 돌아왔다.

다음 날 신문에 실린 나에 대한 기사는 좀 더 구체적이었다. 전날 장 기자가 호텔 로비에서 기다리겠노라고 했지만 응하지 않은 데에 대한 반응이었다. 물러서지 말고 수습해야 했다. 장 기자에게 전화를 걸었다.

"양미래 씨? 흐흐흐. 전화가 오길 기다리고 있었죠. 아무튼 고마워요. 내가 양미래 씨 덕분에 이렇게 특종을 날릴 수 있었어요. 사람들의 관심이 대단하더라고요. 저더러 이런 기사는 어디서 구했는지 정보를 알려달라고 아우성이야. 내가 더한 기사가 3탄, 4탄으로 준비되어 있다고 말했어요."

"만나죠. 지금 어디 계신가요?"

"그러잖아도, 지금 호텔에서 아침식사를 하고 있는 중입니다.

같이 식사를 하시죠."

호텔 로비에 마련된 식당으로 내려갔다. 커피와 스크램블 에그를 접시에 담아 장 기자가 앉아있는 테이블로 다가갔다. 스푼과 포크를 싸고 있던 냅킨을 풀어서 무릎 위에 덮으며 무덤덤하게 물었다. 장 기자가 바라는 건 당황한 내 모습일 테니 그의 기대가 전혀 먹히지 않는다는 걸 보여줘야 했다.

"지나간 저에 대한 폭로로 얻어내려는 건 뭐지요? 돈인가요? 아니면 재미?"

"양미래 씨 사람을 뭘로 보고 그런 말을 하시나요? 그건 나에 대한 모독이야. 그간 내가 알고 있는 정보를 전해주면 오히려 나에게 고마워해야 할 텐데, 남의 성의도 모르고, 쯔쯔."

"정보요?"

"당신 아버지가 어떻게 돌아가셨는지, 또 그 화재가 났던 그 뒤치다꺼리를 누가 했는지 알아?"

"…."

나는 입안에 넣은 음식을 씹지 못하고 꿀꺽 삼켰다. 입안에 넣은 음식을 씹어 넘길 수가 없었다. 그의 발언은 뜻밖이었다.

"아버지…에 대해서 아시나요?"

"물론이지. 그 목사란 사람이 문제야. 실은 양미래 씨 가정을 그렇게 만든 사람이 목사가 아니었나?"

"저, 죄송한데요. 그 이야기라면 더 이상 듣고 싶지 않습니다."

"그렇게 자리에서 벌떡 일어난다고 될 일이 아니지. 찬우가 궁금하지 않나?"

"차, 찬우요?"

"기억을 하고 있네. 하긴 그 이름을 잊으면 안 되지. 앉아, 앉으라고 내가 찬우가 있는 곳으로 데려다줄 테니. 아, 벌써 만났었지?"

"…."

"아, 생각 안 나요? 일전에 인사동 연극에 가서 만났잖아."

"…."

"이럴 게 아니라 내 진짜 만나게 해주지, 일어납시다."

나도 찬우를 만나고 싶었다. 나를 피하는 찬우를 만나야 했다. 내가 찬우에게 전화를 걸었다는 걸 모르는 장 기자는 큰 선심이라도 쓰는 듯 목소리를 높였다. 나도 일방적으로 앞장서는 장 기자의 뒤를 따랐다.

"기사 양반, 불광동으로 구기터널 쪽으로 가주세요."

"알겠습니다."

"휴, 내가 그곳에 한 번 가려면 너무 힘들어서 말이야. 이젠 산을 타는 게 쉽지 않더라고. 나이가 들어서 말이야. 그래도 내가 미래 씨를 모시고 가야지. 그게 내가 여태 목숨을 부지하고 살고 있는 이유인지도 모르니까."

"…."

홍은동에서 출발한 택시는 녹번동 고개를 넘고 있었다. 계절이 여러 번 바뀌었어도 이곳에 들어서면 내 기억은 짐칸에 실려 새벽바람을 맞던 어린 시절의 새벽으로 돌아갔다. 남들 눈에 띨세라 달아나는 그날의 새벽공기는 다시는 경험하고 싶지 않을 만큼 차갑게 내 볼때기를 때렸다. 택시는 녹번동을 지나 불광동 사거리에서 구기터널 방향으로 우회전을 했다.

"독박골 많이 좋아졌지. 개발되기 전에 이곳이 모두 개천이었는데…."

"…."

"저기 모퉁이 돌면 예전에 미래 양이 살던 집터가 있을걸. 한번 들어가 보지 않겠어? 아저씨, 여기서 세워주세요."

'불광 제6구역 주택재개발지역'

우리 집으로 들어가는 골목 모퉁이엔 공사를 알리는 간판이 세워져 있었다. 그 간판을 끼고 골목 안으로 들어섰다.

황망했다.

몽땅 사라졌다.

내가 살던 집도. 아이스크림을 사 먹던 슈퍼마켓도. 레슬링을 보던 만화방도. 실력 없는 목수를 불러 얼기설기 너와집처럼 슬레이트 지붕을 얹고 그 아래서 동네 여자들은 저녁때가 되면 밥

짓는 연기를 올렸다. 밤이면 달빛 아래 지붕들이 점잖게 머리를 맞댔다. 그랬던 집들이 싹 사라졌다. 가슴이 메어졌다. 마치 죽은 사람을 대한 것 같은 상실감에 견딜 수가 없었다. 올망졸망 머리를 맞대었던 지붕들은 흔적은커녕 자취도 없이 사라지고 땅을 갈아버린 포크레인은 시치미를 뚝 떼고 있었다. 다들 어디로 간 것일까. 너무 늦게 왔다. 이렇게 동네가 사라질 줄은 몰랐다. 도시는 버림받기만 하는 게 아니라 세상에서 삭제될 수도 있었다. 옛 흔적을 잃어버린 도시는 사람처럼 사망선고를 받은 거나 마찬가지다. 이제 머잖아 그나마 남은 기억들마저 퇴색되고 말 것이다. 헉, 나는 그만 땅바닥에 털썩 주저앉고 말았다.

"왜, 왜 그래요?"

"아, 아니. 괜찮아요."

"괜찮겠어요? 그만 돌아갈까?"

"아, 아니에요."

신호등이 없는 도로에서 자동차들이 거침없이 달리고 있었다. 구기터널을 빠져나온 차들은 답답함을 벗어나려는 듯 쏜살같이 내달렸다. 문 하나를 열면 차원이 다른 세계로 들어가듯 나는 계곡 안으로 들어갔다. 사람보다 나무가 많은 곳, 그곳을 차지한 새들은 자기 세상인 듯 소나무가지를 툭 치며 날아다녔다. 날갯짓에 송진가루가 방사되고 짙은 솔잎 향은 나의 폐부 속 깊이 내려앉았다. 나는 폐를 활짝 열고 숨을 들이마셨다. 마음껏. 독박골 개구쟁이들을 반기던 산은 나를 잊지 않은 듯했다.

"헉, 헉. 아이고 숨차. 이젠 정말 이 계곡에는 못 올라오겠어. 힘들어도 조금만 참아요. 거의 다 왔으니까…."

그가 걸음을 멈춘 곳은 작은 토담집 앞이었다.

"자, 다 왔어요. 이곳이요."

아직도 이런 집이 남아있었나? 지붕 위에 덮인 비닐이 금방이라도 벗겨질 듯 펄럭거렸다. 방 입구에 걸려있는 반쯤 찢겨진 대나무도 썩어 검은 곰팡이가 달라붙어 있었다. 토담집 한옆에 컨테이너로 된 자그마한 집이 있었다. 보수를 했는지 페인트 색이 선명했다. 그는 컨테이너를 끼고 뒤쪽으로 갔다. 나도 그 뒤를 따랐다. 그곳에는 두 개의 봉분이 있었다. 그곳에 한 남자가 있었다. 남자는 봉분 위의 잡풀을 뜯어내고 있었다.

"잘 있었어? 참, 전망 좋다."

"어, 아저씨 오셨어요?"

찬우였다. 마치 현실에 존재하지 않는 가공인물이 영화 스크린을 뚫고 현실 밖으로 걸어 나오듯 찬우가 꿈속처럼 내게로 다가왔다. 어릴 적 모습을 기대했던 건 욕심이었다. 나는 그를 몰라봤다. 나는 그동안 환상 속에 살아왔었다. 나는 내가 원했던 사람을 꿈꿔왔다. 내가 그렸던 건 허상이었다. 모자로 가릴 수 없는 화상 자국이 있는 남자에게서 나는 찬우의 어릴 적 모습을 더듬었다. 메뚜기다리처럼 앙상한 다리로 산을 탔던 어린 시절의 모습은 온데간데없었다. 아마도 장 기자의 도움이 없었다면 찬우와 마주쳤어도 알아보지 못하고 지나쳤을 것이다.

"미래 씨, 찬우인데 알아보겠어요? 찬우야! 너도 미래를 몰라보겠지?"

"…."

"…."

각자 멈춰 선 시간 앞에서 서로를 바라보기만 했다. 아마 마음속으로는 서로의 이름을 불렀겠지.

찬우야.

미래야.

나는 너를 불렀지만 그건 잃어버린 나를 부르는 소리였다. 잃어버린 나, 대체 나는 그동안 무엇을 잃어버렸던 것일까.

"난, 그만 일이 있어서 내려가 봐야 해. 나중에 찬우가 미래를 데려다주도록 해."

"왜? 벌써 가세요? 안으로 좀 들어갔다 쉬었다 가시지 그러세요."

"아냐, 난 또 갈 곳이 있어. 미래, 나중에 보자고!"

장 기자는 황급히 계곡 아래로 휘적휘적 내려갔다. 그의 뒷모습은 점점 작은 점이 됐다. 장 기자가 사라지고도 한참 동안 우리는 입을 떼지 않았다.

나는 돌아왔다. 떠나고 싶었던 곳으로. 결국 돌아올 수밖에 없었다.

멀리 구기터널로 이어진 도로가 내려다보였다. 개천이었던 자리가 길로 닦아지자 문명은 산을 뚫었고 집이 부서진 사이를 거침없이 자동차가 내달렸다. 산이 뚫린 곳에는 동그란 터널이 생기고 집이 허물어지자 그곳에서 살던 동네 사람들은 전부 터널 속으로 빨려 들어갔는지 지금은 흔적조차 남아있지 않았다.

장 기자가 없는 어색함을 먼저 깬 건 찬우였다. 찬우는 손에 한 줌 가득 쥐었던 하얀 진물이 흐르는 엉겅퀴와 강아지풀을 쓰레기통에 넣었다. 툭툭 바지와 손에 묻은 먼지를 털며 말했다.

"내, 내가 사는 집인데 형편없지? 실은 이곳도 헐려야 하는데 하도 버티고 있으니까 시에서 산속에서 등산객들의 안내를 맡으라고 특별히 배려를 해주었지. 내가 이 계곡의 해설가야. 내가 이곳에서만도 몇십 년을 살았잖아. 이 산속 지리를 나만큼 아는 사람이 없거덩."

"그래에?"

"그런데, 솔직히 널 몰라봤어. 너, 너무 많이 변해서…, 유명하게 됐다니 다행이구나."

"너도 몰라보게 변했다."

"지금 보니 그래도 언뜻언뜻 어릴 적 모습이 보여. 내가 너를 몰라봤던 건 미처 너라고 생각을 못 했던 거지. 정말로 네가 내 앞에 나타나리라고 꿈에도 생각을 못 했거든. 네가 날 못 알아보는 건 당연한 거야."

찬우는 오른팔을 들어 손가락으로 오그라든 입매부분을 쓰다듬었다. 흉터 때문에 자신을 못 알아봤을 거라고 가리키듯 손으로 흉터를 가렸다.

"찬우야! 미, 미안해."

"뭐가?"

"전부다."

"내가 한 게 뭐 있다고."

"…."

"다 지나간 일인걸."

"…."

"다 지나간 일이라고 여기면 감정도 저절로 무뎌져."

"찬우야."

"응?"

"…."

"말해, 뜸 들이지 말고."

"난 몰랐어. 네가 나를 불 속에서 업고 나왔다는 걸. 고마워."

"고맙긴…. 사실. 널 어떻게 업고 뛰었는지 나도 잘 기억이 나지 않아. 삽시간에 불이 붙은 천막이 내 머리를 덮었던 수건에 옮겨붙었고…, 종이옷에도… 불이 붙었지. 정신이 없어서 몸에 불이 붙었는지도 몰랐어. 화상을 입었을 때는 옷을 확 벗기면 안 되었는데 그것 모르고 옷을 벗다가 이렇게 됐어. 치료를 제때 하질 못해서 그만… 흉터가 많이 남게 됐지. 장 기자 아저씨가 그때 나를 많이 돌봐주셨어. 나를 병원에 데려다주신 분이 아저씨였거든. 나중에 보니까 너네 집은 이사 가고 없더라. 왜 그렇게 말도 없이 가버렸니?"

"날, 찾았니?"

"소식이 궁금했었지. 난 네가 연극배우가 될 줄 알았어. 극단에 있으면 혹 널 만날 수 있을까 기대했었어. 언젠가는… 널 만나게 될 거라고 생각하고 극단 주변을 맴돌았어. 그래도 그렇지 말도 없이 훌쩍 떠날 수가 있니?"

"그러게. 연락을 할 형편이 안 됐어. 정신이 온전치 못한 엄마가 결국 약도 제대로 써보지 못한 채 돌아가셨어. 혼자 살아가기엔 이 세상은 너무 넓고 버겁더라. 엄마가 돌아가시지만 않았어도 생활이 좀 달라졌을까? 아마 그랬겠지. 그럴 줄 알았으면 독박골을 떠나는 게 아니었는데. 엄마랑 야밤에 독박골을 떠나 다른 곳에 살아도 어김없이 봄은 오더라. 무심하게도 꽃이 피다가 때가 되면 저절로 졌지. 여름은 나를 자라게 했고 가을은 나를 어른이 되게 했는데…."

"그럼, 지금 결혼은…?"

"결혼했다가 지금은 혼자야. 미군이었던 전남편 릭 플린을 만났던 건 어쩔 수 없는 선택이었어. 나는 그가 복무했던 부천캠

프 근처에서 일을 했었거든. 복무기간이 끝나고 남편 따라 미국에 쫓아가긴 했는데… 그리곤 곧 이혼을 했지. 그다음부터는 끝이 보이지 않았어. 구차하다는 생각도, 원망도. 앞날에 대한 희망도. 차라리 아예 포기하는 게 마음은 편하더라. 그래, 양미래라는 인물은 이제 잊자. 그렇게 말야."

"힘들었겠구나."

"응, 아주 많이 그랬지. 그래도 차마 죽지는 못하겠더라."

"야, 죽기는 왜 죽어. 나도 여태 살고 있는데."

"…."

"너는 몰랐을 거야. 나는 하루에도 몇 번씩 너네집 대문 앞을 서성거렸어. 네가 우리 반에 전학을 오던 날. 독박골을 산다고 진숙이에게 말하는 소리를 듣고 다음 날부터 아침밥도 안 먹고 너네 집 부근에서 네가 나오기를 기다렸던 걸 넌 모를 거야."

"왜에? 왜 그랬니?"

"너랑 같이 학교에 가려고 했지. 하. 하. 늦지 않으려고 아침마다 뜀박질을 해야 했기에 늦은 가을까지 반팔차림으로 학교를 다녔지. 그런데 여름엔 괜찮은데 가을이 되니까 아침에는 뛰느라 땀이 펄펄 났지만 하루 종일 추위에 덜덜 떨며 지내야 했어. 그래도 날만 흐리지 않으면 견딜만했는데. 초가을을 앞둔 날이었나. 그날은 유난히 날이 흐렸었어. 어찌나 추웠던지, 쉬는 시간만이라도 뛰고 놀지 않으면 경련이 일 듯 몸이 떨려 견딜 수가 없었거든. 그날 운동장에서 너를 보았을 때 난 창피해서 달아나고만 싶었다고. 퍼런 내 입술과 소름 돋은 내 팔뚝을 너에게 보여주는 게 싫어서 말이야. 그것도 모르고 너는 튀김을 사준다고 내 팔을 잡아당겼잖아. 사실 기름내가 풍기는 따뜻한 튀김을 한 입 베어 먹었을 때 어찌나 맛있던지. 하루 종일 떨었던 온몸이 스르륵 녹아내리더라. 그때 난 마음먹었지. 나중에 어른이 되면 미래한테 맛있는 거 많이 사줄 거라고. 그런데 아직 그 약속은 지키지도 못했네."

"그깟 튀김이 뭐 별거라고."

"내가 너네 집에 국수를 사러 매일 갔던 거 생각나니?"

"국수?"

"너를 보러 일부러 너네 집으로 국수를 사러 갔었어."

엄마는 유리문이 달린 가게에 대조시장에서 기름을 떼다 팔았다. 큰 통에 담긴 참기름, 들기름, 식용유를 국자로 한 홉씩 퍼서 작은 병에 나눠 팔았다. 우리 집 식구들은 누구나 다 기름을 팔 줄 알았다. 엄마가 집에 없어도 박카스 병에 담아주면 500원을 받았고 소주병에 기름을 퍼줬으면 750원을 받았다. 나와 겨레는 기름을 담을 병을 줍기 위해 가게와 약국을 돌아다녔다. 박카스 병, 소주병, 정종병, 맥주병. 병이란 병은 죄다 걷어다 우물물을 퍼서 병속을 씻고 말렸다. 기름은 조금씩 팔려나갔고 그 푼 돈으로 엄마는 반찬거리를 장만했다. 기름만 팔기는 부족했는지 엄마는 시장에서 말린 국수도 가져왔다. 가는 국수와 굵은 국수 두 종류를 팔았는데 가끔씩 엄마는 팔아야 할 국수를 우리에게도 끓여주었다. 펄펄 끓는 국수에 섞여 있는 마른멸치는 성가셨다. 성급하게 멸치를 건져내느라 뜨거운 국물에 손을 데기도 했다. 나는 엄마가 끓여주는 국수를 좋아하지 않았다. 외할머니의 음식솜씨를 닮지 않은 엄마의 음식은 뭐가 빠진 듯 맛이 없었다.

대조시장에서 떼 온 식용유나 참기름을 판다고 부자가 될 수 없을 것 같았다. 큰집처럼 아주 큰 방앗간을 하면 모를까. 방학 때 가본 큰집 방앗간은 우리 집보다 스무 배는 더 넓어 보였다. 운동장처럼 넓은 이층 방에는 이불 홑청처럼 국수 가락을 줄에 널어 말렸다. 절그럭절그럭 떡 기계에선 흰 가래떡이 뽑아지고 무거운 철판이 들깨를 눌러 들기름을 짜냈다. 김이 설설 오르는 백설기 떡을 자르는 일군들은 아예 러닝셔츠를 벗고 일을 했다. 잠깐 사이에도 사람들은 수도 없이 국수를 달라고 했고 참기름을 담아갔다. 공중에 매단 바구니에는 종이돈이 금세 수북하게 찼다. 큰엄마는 침을 발라가며 종이돈을 셌다. 큰아버지는 큰 목소리로 일군들에게 일거리를 지시했다. 큰아버지가 그렇게 꽥꽥 소리를 지르지 않으면 고추 빻는 기계 소리에 파묻혀 들리지 않았다. 큰아버지의 목청은 기계가 돌아가면 갈수록 더 커졌다. 난 돈이 많은 큰아버지가 자주 우리 집에 들렀으면 좋겠다는 생각을 했다. 용돈이 떨어지면 큰아버지 생각이 간절했다.

돈맛을 깨닫게 된다는 건 어른이 된다는 신호이기도 했다. 우리가 돈맛을 알게 된 건 우연이었다. 어느 날.

"우리 담배꽁초 주울까?"

담배꽁초를 줍자고 맨 처음 말을 꺼낸 게 확실치는 않지만 병찬이었던 것 같다. 나는 병찬 아버지가 바닥에서 담배꽁초를 줍는 것을 몇 번 보았었다. 깻잎 대에서 들깨를 털어먹는 것도 시들했고 새를 잡는다고 개울 밑에 깔린 조약돌로 새총을 만드는 것도 시시하던 차였다.

저녁밥을 먹고 모인 조무래기들은 하루살이가 날아드는 전등불 아래서 고개를 끄덕이며 위험한 실험을 곧 실행에 옮겼다. 바닥에 떨어진 담배꽁초는 무지 많았다. 어떤 담배는 반만 태우고 버려진 것도 있었다. 모두들 신이 나서 주웠다. 담배꽁초를 돈이라고 착각한 건 아닌데 공짜로 무언가를 얻는다는 건 신바람이 나는 일이었다. 온 동네 땅바닥을 훑으며 꽁초를 모았다. 그러다 땅바닥에서 누군가 흘린 돈을 발견하게 되었다. 그때부터 우리는 담배꽁초 대신에 혹시나 하고 길바닥에 떨어진 지폐를 찾았다. 하지만 행운은 단 한 번뿐이었다. 돈은 쉽게 발견되지 않았다. 돈벌이가 쉽지 않다는 걸 깨닫고 나니 어른들이 돈이 없는 게 이해가 갔다. 돈을 벌려면 어른이 되어야 하고 어른이 되면 돈을 잘 벌어야 하는데 어른이 되었어도 독박골 어른들은 돈이 없는 걸 보면 돈 버는 일이 쉬운 일은 아니라고 여겼다.

"야, 우리 불 한 번 붙여볼까?"

누군가 성냥을 갖고 왔던 것 같다. 하지만 필터만 남은 꽁초에 불을 붙이기란 쉬운 일은 아니었다. 한 녀석이 그걸 입에 물고 몇 번 시도를 했지만 제대로 불을 붙이질 못했다. 녀석은 고통스런 표정을 지었고 그걸 바라보는 우리도 얼굴을 찡그렸다. 그 녀석이 행복스런 표정을 지었다면 우리는 애써 주운 담배꽁초를 버리진 않았을 것이다. 담배꽁초놀이는 그리 즐거운 놀이는 아니었다. 담뱃진 냄새는 씻어도 없어지질 않았다. 더럽고 지저분한 놀이는 얼마 못 가 그만두었다. 그러나 장난은 거기서 끝난 게 아니다.

어른이 없는 빈집은 놀이를 위한 최상의 장소였다. 나는 애들을 끌고 외갓집으로 갔다. 외갓집을 종종 이용했던 건 외할머니는 멀리 사는 딸집에 가느라 가끔씩 집을 비우곤 했었다.

잠도 잊은 우리들은 늦은 밤 외갓집 담장 아래에 모였다. 우리는 잔꾀가 가득한 눈망울을 굴리며 손으로 킥킥 웃음을 가렸다. 도둑고양이처럼 부엌으로 들어갔다. 내가 쌀을 퍼서 냄비에 담고 그 위에 설탕가루를 솔솔 뿌려 아궁이 연탄불에 녹이는 동안 녀석들은 대문 밖에서 망을 보았다. 볶아진 쌀은 약간 노릿하게 타는 냄새가 났다. 고소한 냄새가 풍겨지면 망이고 뭐고 부엌에 모여 숟가락으로 설탕이 범벅된 생쌀을 입에 넣었다. 쌀은 익지도 않아 생쌀 그대로였다. 그래도 오독오독하게 씹히는 맛은 아주 고소했다. 모두 공범이 된 우리는 표가 나지 않게 감쪽같이 처리를 했다. 냄비를 수세미로 닦아놓고 쌀을 푼 자리가 표시가 안 나게 손으로 편편하게 헤쳐 놓았다. 설탕통은 원래 있던 그 위치에 그대로 놓았다. 다행히도 시골에서 돌아온 외할머니는 아무런 낌새를 차리지 못했다. 설탕통 위치가 반대로 바뀌어있는 것도, 쌀이 한 바가지나 퍼 없어진 것도, 냄비가 약간 거뭇해진 것도 전혀 눈치채지 못했다.

우리가 빈집에서 개들처럼 서로의 성기를 꺼내놓고 가까이서 들여다보았다는 것도 비밀에 부쳤다. 똥개 흉내를 낸다는 건 우스운 짓이지만 놀이에 빠져들면 앞뒤를 재지 못하는 법이다. 하지만 서로의 성기를 구경만 했을 뿐 개처럼 어쩌지는 못했다. 혹시라도 암놈과 수놈처럼 떨어지지 않고 딱 붙어버릴까 겁이 났었다. 독박골에 사는 어른들이 돈이 없는 건 우리처럼 겁이 많아서인지도 모르겠다. 원래 겁이 많은 아이일수록 놀래기도 잘하고 큰소리로 마구 비명을 질러대서 산통을 깨기 일쑤다. 겁이 많은 어른들은 애들처럼 소리는 안 질렀지만 비명 대신 툭하면 삿대질을 하고 싸웠다. 아무 데서나 삿대질을 하며 싸우는 동네 어른들. 나름대로 이유가 있겠지만 자신을 표현하는 게 고작 싸움이나 폭력이었다는 건 아주 유치한 일이었다. 차라리 허세일망정 권위를 내세우는 게 낫다고 여겼다. 아버지처럼 말이다.

여자관계가 복잡한 아버지가 원칙을 따진다는 게 이치에 맞지 않았다. 완벽하지 않은 사람이 완벽한 체를 하는 건 천장에 떼로 몰려다니는 쥐들도 웃을 일이었다. 그러면서도 아버지는 타인의 잘못을 절대 용납하지 못했다. 아버지의 이중적인 모습이 억울했지만 찬우 말대로 돈을 벌지 못하는 아버지 자신에게 분풀이를 하는 게 분명했다.

"훗, 이거, 옛날 생각나네. 니가 내 부인이었잖아. 그때 내가 얼마나 곤란했는지 아냐? 희옥이랑 너랑. 부인을 두 명씩 데리고 사느라고."

"에휴, 그건 소꿉놀이였잖아."

"어쨌든. 게다가 하는 일이라곤 맨날 밥만 먹고 잠만 자래. 하! 하! 하!"

"애들 소식은 알아? 병찬이랑, 희옥이…."

"희옥이는 지금 시장에서 장사해."

"봤어. 납작만두를 팔고 있더라."

"대조시장엘 갔었구나. 희옥이 남편이 일찍 죽었지. 병찬이는 알콜중독자가 돼서 회생불능이야. 친구들이 돈을 모아 트럭을 사줬는데 그것 몰다가 사고가 나서 세상을 일찍 떴어. 간혹 독박골에 어울리지 않게 성공한 친구들도 있는 모양인데 그 친구들은 자신들이 독박골에서 자랐다는 걸 밝히지 않지. 어린 시절에 가난했던 게 우리 잘못도 아닌데 말야 굳이 숨길 이유는 없을 텐데…. 이런 동네에서 성공했다면 그게 더 대단한 거 아냐?"

"글쎄, 사람마다 가치관이 다를 수 있으니, 이곳이 부끄러울 수도 있을 테지. 너는 자랑스러워 이곳을 떠나지 않았니?"

"자랑스럽다기보다는 죄책감이었어."

"죄책감? 그런…데 이 무덤은 누구 무덤이니?"

"이건 우리 할머니 묘고, 저건 목사님의 묘야."

"뭐라고? 목, 목사님이라면?"

"맞아. 할머니는 오래전에 돌아가시고 목사님도 돌아가셨지."

"어떻게?"

"사고로. 빗길에 바위를 타시다가 미끄러져서 낙사하셨어."

"낙사…?"

"응."

"혹시, 말이야. 우리 엄마에 대한 소…문을 들었니…?"

"너의 엄마?"

"울 아버지의 오해 말이야. 그…러니까…."

"사실을 알고 싶은 거니? 아니면 진실을 알고 싶은 거니?"

"사실은 뭐고 진실은 또 뭐야? 말 돌리지 말고 있는 그대로 말해줘."

"진실이라는 건 네가 믿고 싶은 게 바로 진실이야. 그 이상은 상상하지 마. 목사님이 네 어머니를 우리 집에 데리고 왔지. 할머니가 아무에게도 말하지 말라고 나에게 신신당부해서 너한테 도 네 엄마가 우리 집에 있었다는 걸 말하지 않았어. 그땐 우리 모두 어렸잖아? 어른들에게서 이상한 낌새가 풍겨도 반박할 순 없었지. 어렸으니까, 어리니까. 그런데 어린 나이에 공기처럼 맡아지는 어른들의 수상한 행적은 지울 수 없는 고통이야. 자신이 가해자이든 피해자이든 경험했다는 것 자체만으로도 머릿속에 각인이 되거든.

"무, 무슨 소리야?"

"이 숲을 봐. 이 거대한 숲속 안을 살펴보면 겉에서 보는 것과는 달리 아주 비정하지. 생존을 위해서는 연민이고 동정이고 없어. 개구리는 긴 혀로 날 파리를 순식간에 낚아채고, 투명한 거미줄에 걸린 나방은 버둥대다 거미의 밥이 되어버리거든. 허무하지? 사람도 자신을 학대하거나 가치가 없다고 생각하면 동물과 다를 게 없어. 이 말을 누가 나한테 한 줄 아니? 바로 목사님이야."

"목, 목사…니임?"

"그래도 내가 그분을 비난할 자격은 못 돼."

찬우의 표정은 화상흉터 만큼이나 일그러졌다.

"오늘은 이만하는 게 좋겠다. 데려다줄게. 계곡 아래로 내려가자."

그날 나는 계곡을 떠나지 않았다. 찬우의 이야기가 시작됐기 때문이다.

토담집의 서재

찬우는 집이 두 채였다. 토담집과 컨테이너. 자신은 부자라며 목젖이 보이도록 호탕하게 웃었다. 자신의 정원은 동네가 내려다보이는 앞마당이라며 세상 부러울 게 없다고 나를 토담집 안으로 이끌었다. 겉모습은 금방이라도 무너질 것처럼 위태했는데 여닫이문을 열고 들어서니 눈이 휘둥그레 떠졌다. 익숙한 방안 모습이었다. 분위기는 달랐지만 책들이 빼곡하게 꽂혀있는 책꽂이는 퀵의 서재와 흡사했다. 『본초강목』, 『동의보감』, 『사상의학』 등 오래전에 까먹어서 해독이 안 되는 한자가 적힌 책을 보니 입을 다물 수가 없었다.

"이, 이게 다 네가 읽는 책이야?"

"응, 내가 한의학을 전공했거든."

"그럼 한의사야?"

"그렇게 됐어. 누굴 고친다는 것보다는 나를 고치기 위해 한의사가 됐지."

"그럼, 한의원을 개업하지 않고?"

"돈을 벌려고 한의사가 된 건 아니니까. 인연이 닿으면 무료로 치료를 해줘."

"그래도 약값은 받아야지."

"약값은 무슨, 여기 이 계곡 지천에 널린 게 약재인데. 자, 여기는 내가 잠을 잘 테니 너는 컨테이너에 마련된 방을 써."

나는 찬우가 사는 계곡으로 숨어버렸다. 그해 겨울, 눈이 내리고 산속의 동물들이 땅속 깊은 곳에서 동면하고 있을 때 우리도 겨울잠을 잤다. 꽁꽁 언 땅에도 씨앗은 죽지 않고, 얼음이 살짝 언 차가운 계곡물 아래로 개구리의 알은 수초에 동동 매달려 살았다. 겉으로 보기엔 생명이란 건 죄다 말라 죽었을 것 같은 잔인한 겨울이기도 했다. 하지만 어김없이 봄은 왔고 거짓말처럼 새싹이 돋아나고 올챙이가 헤엄쳤다.

죽고 없는 건 이따금 슬펐다. 엄마를 생각하면 가슴이 답답하고 아버지를 생각하면 슬픔이 가슴에서부터 우러났다. 목사를 용서할 수 없었다던 찬우에겐 눈물도 말라버린 것 같았다. 상처를 안고 산다는 건 죄를 용서받는 것보다 더 견디기 힘든 일이었다. 계곡 아래에서는 예전의 독박골 모습은 전혀 찾을 수 없었지만 계곡을 꾸미고 있는 바위들과 고목들은 예전 그대로였다. 불두화 나뭇잎에 매달린 장수벌레를 툭 건드렸더니 놀란 듯 날개를 펴고 하늘 저편으로 사라졌다. 물푸레나무 아래 닭의장풀이 화려하게 피어있었다. 바위틈을 타고 흐르는 물줄기 옆에 한 무더기의 달맞이꽃이 머리를 맞대고 모여 있었다. 숲을 받들고 있는 작은 돌멩이들도 예나 지금이나 그대로였다. 내가 어릴 적 보았던 그 나뭇잎은 그 모양 그대로 나뭇가지에 매달려있었다. 옛날에 바위였던 것이 세월이 흘렀다고 바위 비슷한 모양으로 바뀌진 않았다. 바위는 그대로 바위였다. 겨울 동안 개구리 알을 품었던 계곡물도 여전히 졸졸거리며 흘러내렸다. 여름은 어른처럼 나를 몰아갔고 가을은 슬픔 대신 겨울을 챙기게 했다. 겨울이 걱정스럽긴 했다. 뻥 뚫린 하늘 아래 나뭇가지는 저마다 세찬 바람을 일으켰다. 움츠러든 산속에서도 할 일은 만들기 나름이었다. 나는 찬우를 따라 계곡 곳곳을 쏘다녔다. 겨레가 죽은 후에 얼씬도 하지 않던 북한산 줄기 산 능선을 오르내렸다. 주말이면 계곡을 찾는 등산객을 피해 찬우와 나는 시내로 나갔다. 인사동으로 가서 연극을 보기도 하고 찻집에 들어가 잣이 든 산수유차를 마시기도 했다. 흥이 나서 동동주를 마셨던 게 탈이라면 탈이었다. 아니면 동동주를 핑계 대고 내게 가슴에 묻어두었던 말들을 쏟아내고 싶었는지도 모를 일이다.

그래, 내가 지은 죄가 크지. 내가 이 독박골로 처음 들어왔을 때 기억나나? 공터에 천막을 치려는데 너희들이 내게로 달려와서 돕겠다고 했지. 실은 그땐 나는 사이비였어. 영화 만든다고 투자자들 모아다가 부도를 내고 이 동네로 숨어들어온 거였다고. 교회는 내가 어릴 적부터 다녀서 나도 풍월을 좀 읊을 줄 알았지. 우리 아버지가 목사였거든. 우리 아버지가 날 목사 만든다고 그렇게 소원했는데 그놈의 가난이 하도 지긋지긋해서 영화배우해서 떼돈 벌 거라고 허풍을 떨며 젊은 시절을 홀라당 까먹었지. 설교 그거 뭐 별거 아니더라고. 게다가 이런 촌 동네에서 얼렁뚱땅 설교하는 게 뭐가 어려워. 동네 사람들이 내 연기에 깜박 속아 넘어갔지. 그래도 나는 나름대로 진짜 목사처럼 열심히 살아보려고 했어. 그 장일춘 기자가 어떻게 내가 이곳에 숨어있는 걸 알아갖고는 시도 때도 없이 찾아와 날 괴롭히는 것만 빼고는 이곳은 내게 아주 좋은 도피처였어. 그런데 세상에 숨을 곳이 없더군. 양심? 내가 뭘 잘못했는데? 미래 엄마를 엄마를 산에서 발견했던 건 우연이었어. 그, 그 여자는 정신이 온전하지 않았다고. 나는 그저, 그 여자를 따뜻하게 해줬을 뿐이야. 그런데, 아, 그 빌어먹을 미래 아버지가 다짜고짜 내 얼굴을 이 모양으로 만들더라고. 왜 그런 얼굴로 날 바라봐? 어쭈, 너도 날 쓰레기 취급하는 모양인데, 넌 그래 봐야 독박골출신이야. 알어?

"난 부들부들 떨렸지. 화가 나서 참을 수가 없었어. 가면을 벗고도 뉘우칠 줄 모르는 뻔뻔한 목사의 목을 힘껏 조르고 싶었어. 아마 너의 아버지가 그런 마음이었을 거야. 너의 아버지는 두려움의 본질을 아는 분이셨어. 칼을 휘두르셨던 건 홧김에 그랬던 게 아니라 그만큼 신념이 남달랐던 거지"

"그게 무…슨?"

"솔직히 나는 하나님이 없다고 보지는 않았지만 있다고 믿지도 않았어. 아니, 안 믿는다는 쪽이 더 가까웠는지도 몰라. 천막교회를 다녔던 건 재미삼아 다녔고, 그땐 그것밖엔 재미라곤 없었으니까. 말하자면 환경에 떠밀려 교회라는 걸 접하게 됐으니 믿음이니 신앙이니 하는 건 애초부터 관심이 없었어. 나에게 관심이란 게…."

"뭔…데?"

후…읍. 찬우는 말을 하다말고 숨을 깊이 들이마셨다. 울음을 삼키려는 듯. 복받치려는 감정을 억누르려고 안간힘을 썼다. 마치 해묵은 상처들과 결전이라도 벌일 듯 결연히 굳은 표정이었다. 한 마디라도 새어 나올까 입술까지 지그시 물었다. 기다려야 했다. 찬우가 그 무거운 침묵의 휘장을 제치고 자신을 드러낼 때까지 잠자코 침묵을 지켰다.

"부, 불이 나던 날, 나는 나무기둥에 깔린 할머니를 외면하고 너를 업었어. 불이 났던 그 뿌연 연기 속에서 나는 힐끔 할머니를 돌아봤지. 애원하듯 나를 바라보던 할머니의 눈빛. 지금도 그 눈빛만 떠올리면 가슴이 저려와."

"어떻게 그런 일이?"

찬우는 급기야 두 손으로 얼굴을 가리고 흐느꼈다. 울음도 쌓이면 석회처럼 굳어지기 마련이다. 오랜 세월 동안 짓눌려 단단해진 눈물을 쏟아내는 그의 모습은 마치 죽음을 앞둔 사람처럼 절망스러웠다.

"차, 찬우야."

"할머니의 간절함을 외면한 채 나는 너를 업고 할머니를 천막 안에 두고 빠져 나와버렸어. 목격자도 없으니 세상에 알려질 일도 없는 그 일은 망각 속으로 묻혀가는 듯했지. 내가 나를 어떻게 위로 했는 줄 알아? 할머니는 워낙 건강이 안 좋으셨고 그 일 때문이 아니더라도 병 때문에 돌아가셨을 거라고 멋대로 갖다 붙였어. 할머니는 불이 난 일주일 후에 숨을 거두시고 나는 지금까지 태연하게 살았던 거야. 그런데 시간이 갈수록 할머니를 죽인 살인자라는 죄책감은 사라지기는커녕 아주 빳빳하게 고개를 쳐들었어. 그래도 나는 계속해서 마음속에 핑곗거리를 만들어서 위안을 삼고 변명했거든. 나를 이런 가정 속에 집어처넣은 건 하나님, 당신이라고 말이야. 난들 이런 가정에서 살고 싶었겠냐며. 할머니를 죽게 한 대가로 나를 이런 불행 속에 빠뜨리는 속 좁고 유치한 존재라고만 여겼지. 그리고 또 신이 있으면 어떻고 또 없으면 어떻다는 건가. 죄를 지어도 용서만 구하면 모든 게 해결된다는 교리는 편리했지. 그래서 나는 겉으로는 열심히 교회에 나갔지만 의식적으로 그 반대였어. 왜냐면 나는 할머니가 죽도록 방관했잖아? 그걸 다른 사람은 몰라도 나 자신은 속일 수 없는데 교회에 가서 앉아있는 자리가 떳떳할 리가 있겠니? 그래도 나는 어떤 식으로든 가증스런 논리로 할머니를 죽게 한 나의 죄목을 없애려고만 했어. 그 대신에 내가 할 수 있는 한 열심히 사람들에게 선을 베풀고 살자는 다짐을 했었다. 그럴듯했지. 사람들은 깜박 속았던 거야. 나의 위선에 하, 하, 하."

"차, 찬우야."

"여름철의 산속은 믿을 게 못 돼. 느닷없이 내리던 빗길에 그 사이비 작자가 바위를 타다가 미끄러졌어. 응급처치를 제대로 했다면 죽지는 않았을 수도 있었지. 그 뻔뻔한 작자를 용서할 수가 없었어. 마치 그 작자를 보면 할머니를 죽도록 방관했던 가증스런 내 모습을 보는 것 같았어. 난 나를 용서할 수 없듯 그 사이비 목사도 용서할 수 없었다구. 네 아버지를 더 빨리 만났더라면 그 가련한 생명을 죽도록 내버려 두진 않았겠지."

"우리 아버지? 네가 우리 아버지를 만났니?"

"처음엔 행색이 너무 형편없어서 그냥 걸인인 줄만 알았어. 우연히 너희 아버지가 길에서 신음하는 것을 보게 되었고 위급한 상황이라 병원으로 급히 옮겼지. 우선 연락할 가족이 있을까 싶어서 소지품을 찾다가 신분증을 발견하게 됐어. 너의 아버지는 목에 신분증을 걸고 다니시더라고. 너의 아버지 성함은 내가 잘 알잖아. 그 신분증을 보고 단박에 알았지. 너의 집 대문 앞에 걸려있던 문패에 새겨졌던 이름과 같았거든."

성명 : 양준만

대상구분 : 무공수훈자

보훈번호 : 00000000

훈격 · 상이등급 : 화랑

"그, 그래서 어떻게 됐어?"

"그런데, 그런데 말이야. 너의 아버지는 나를 정확히 파악하시더군. 가증스런 믿음의 두께를 말이야. 매장된 줄로만 알았던 나의 양심은 전쟁 중에 사람을 죽이고 평생 동안 자신을 학대해왔던 너의 아버지 고백에서 나의 숨겨놓았던 죄책감이 파릇파릇하게 되살아나더라고. 너의 아버지를 병원에 모신지 일주일쯤 지났을 거야. 그 밤은 이상하리만큼 조용했어. 병원 의자는 왜 그렇게 딱딱하고 배기던지. 다들 잠이든 복도는 아주 잠잠했어. 밤이면 한두 번은 꼭 내 이름을 호출하던 안내방송이 고장이 났는지 그날따라 조용하더라고. 불편한 잠자리 때문에 뒤치락거리다가 슬그머니 일어나 병원 복도를 오고 가며 차트 정리를 하는 간호사 곁을 지나 너의 아버지가 누워있는 병실 문을 열어보았지. 주무시는 모습이 너무 평안해 보였어. 그런데 예감이라는 게 참 묘해. 문득 이상하다 하는 생각이 얼핏 스쳐 지나가는 거야. 두 시간 간격으로 진통제를 맞지 않으면 통증으로 견디질 못하는데 고통의 동요도 보이지 않았고 이상스러울 만치 평안해 보였으니. 너무 차분해서 혹시, 돌아가신 게 아닌가 하는 생각이 퍼뜩 나서 침대 곁으로 갔더니 그때 잠깐 의식이 돌아온 너의 아버지는 나의 본질을 휘저어 놓고는 숨을 거두셨지."

자넨, 젊은 청춘에 전쟁에 뛰어들어 사람을 죽인다는 게 어떤 건지 아나? 열일곱 살에 학도병으로 전쟁에 참가해서 하루에도 몇 번씩 동료들이 죽어가는 것을 목격했지. 실은 나도 그때 이미 죽은 거나 마찬가지였어. 전쟁터에 내일은 없는 거야. 언제 총탄이 날아와 내 심장을 꿰뚫을지. 그런 판국에 야망이 무슨 소용이 있고 영원이라는 게 무슨 개똥철학이야. 모두 다 웃기는 헛소리지. 사람들이 신을 찾는 이유가 뭔지 알아? 겉으로는 신을 사랑하는 것처럼 찾지만 실은 신을 사랑해서가 아니고 무서워서 신을 찾는 거라고. 죽을까 봐서, 살려달라고 구차하게 목숨을 구걸하는 거란 말이야. 살아있는 사람에게 목숨이란 공포 그 자체지. 방금 전까지 나랑 얘기하고 웃고 떠들던 사람이 총알이 박혀서 호흡이 끊어졌다고 생각해봐. 끔찍하지. 산다는 게 오히려 공포로 느껴질걸. 그래도 죽은 사람은 생명이 순간적으로 끝나니까 두려움을 느낄 시간조차 없지만 산 사람은 눈으로 보면서 두려움을 체험하게 되지. 겁나는 거야. 나도 저렇게 무참하게 죽을까 봐서. 파리처럼 맥없이 죽어가는 광경을 보면 마음을 비우는 게 아니라 더 악착같이 살고 싶다고 아등바등 신에게 매달리는 게 인간의 본능이라고. 나는 그렇게 치사하게 생명을 구걸하고 싶지는 않았지. 대신 나는 미친 듯이 전쟁터를 누볐어. 죽여 볼 테면 죽여 봐라! 하고 말이야. 그런데 어찌 된 일인지 죽지 않고 살아남았네. 전쟁은 3년 만에 끝이 났고 난 갑자기 할 일이 없어진 것 같아 어찌할 바를 모르겠더군. 그래서 군대에 계속 남겠다고 했지. 그런데 전쟁 끝난 군대조직은 군복 입은 사회나 마찬가지야. 경쟁만 남았던 거지. 죽을 고비에서 살아남은 나는 전투가 아닌 이번엔 삶이라는 전쟁과 싸워야 했어. 말하자면 전쟁에서는 영웅이었지만 삶에서는 패잔병이었지. 사회에서는 아무짝에도 쓸모없는 폐물이 된 나였다고. 차라리 전쟁이 나서 총알을 갈기며 뛰어다니는 게 더 나았는지도 몰라.

자넨, 하나님이 진짜로 있다고 보나? 믿는다고? 봤어? 보지도 않고 봤다고 엉터리로 둘러대지 말고 차라리 솔직히 모른다고 말해. 하나님이 뭐 하는 분인지도 잘 모르면서…, 난 하나님이 없다고 여겼지. 신은 죽은 거라고. 그렇지 않고서야 스무 살도 안 되는 꽃다운 젊은이들이 전쟁터에서 그렇게 허무하게 죽어갈 수가 있겠는가? 하나님이 있다고 떠들고 다니는 건 사람이 죽어가는 끔찍한 상황을 보지 못해서 그래. 거기가 바로 지옥이었으니까. 나는 이미 지옥을 갔다 왔다고. 쌓여진 시체를 보며 하나님이 인간을 사랑한다고 할 수 있겠어? 하나님을 안다고 하는 작자나 거기에 광신적으로 매달리는 무지한 인간들이나 다 쓰레기 같은 것들이야. 왜냐면 죽을까 봐 전전긍긍하거나 오로지 잘 살기 위해 무당한테 매달리듯 교회에 출석하는 거라고.

도대체 하나님은 누구를 위해 존재하는 거지? 그런 질문을 해 본 적 있어? 나는 물어보았지. 언제 물어봤냐고? 내가 잠을 자는 곳이 어딘 줄 아나? 교회였지. 문이 열려 있는 교회라면 아무 데나 들어가서는 잠을 잤어. 문이 열린 교회를 찾는 것도 쉬운 일은 아니야. 뭐 그리 훔쳐 갈게 많은지 문을 꼭꼭 닫아걸어 놓더라고. 교회에서 잠을 자면 새벽이면 일어나야 한다는 게 괴로웠지만 그래도 구질구질한 지하철에서 지내는 것보다는 훨씬 나아. 교회에서 쫓겨나지 않으려고 나도 새벽에 깨서 남들처럼 고개를 숙이고 기도를 하는 척했어. 그냥 눈만 감고 있었던 것은 아니야. 물어봤지. '당신은 정말로 살아있습니까?' 하고 말이야. 가족들을 보고 싶다고 말했던 것도 같아. 그런데 가족 대신에 그 목사를 길에서 우연히 만났지. 난 그 작자를 한눈에 알아봤어. 눈 아래로 그렇게 긴 흉터를 갖고 있는 사람이 그리 흔하겠어? 그때 그놈을 죽이지 못했던 게 한이지. 다행히 그 작자는 날 못 알아보더라고. 하긴 내 행색이 거지 모습인데 날 몰라보는 게 당연하지. 그런데, 이상했어. 그 작자에 대한 미움이 사라진 거야. 내가 변했다고. 그게, 그 조각상 때문이야. 새벽에 잠자던 그 교회 중앙에 걸려있던 그 조각상 말야. 어느 날인가 교회에서 깜박 잠이 들었는데 십자가에 매달려있던 조각품이 천천히 움직이더니 나를 어루만지는 거야. 어찌나 다정하게 나를 감싸 안는지 나도 모르게 그 조각상에게 말했어. 나 자신을 용서하고 싶다고. 내가 나를 증오하니까 남들도 용서할 수 없었다고. 난 지독하게 나를 미워했거든. 분명, 그 조각상이 날 이상하게 만들었던 거야. 그 사이비 목사와 맞닥뜨렸는데도 분노는커녕 미움이 전혀 생기질 않는 거야. 어제도 조각상이 내 병실에 찾아왔었어.

“너의 아버지를 만나고 나는 죄의식의 굴레에서 해방될 수 있었어. 난 세상 어떤 사람에게도 인간쓰레기라고 비난할 자격이 없지. 남들이 사이비가 되던 천사가 되던 그건 내가 신경 쓸 일이 아니거든. 나만 사이비가 되지 않으면 돼. 내가 해야 할 일은 내가 정하는 거야. 그래서 난 독박골 산골짜기에 남았어.”

엄마가 그랬던 것처럼 아버지도 독박골을 떠나지 못했다. 옛 모습이 남아있지 않는 대조시장 옆 어느 낡은 골목에서 국밥냄새에 시장기를 달랬을 아버지를 떠올리니 가슴이 얼얼해졌다. 누구도 눈여겨보지 않았을 다 낡은 군복바지를 입고 떠돌아다녀야 했던 아버지의 죽음은 공습으로 폐허가 되어버린 거리보다 더 슬펐다. 전쟁이 끝났으니 더 이상 군인일 수 없었던 아버지가 마지막 안식을 구했던 곳이 십자가상 앞이라니. 인간은 마지막 순간에 절대자 앞에 무릎을 꿇게 된다. 자신이 세상에 태어난 이유를 몰랐기 때문에 죽음이 다가오면 갈피를 잡지 못하는 거다. 아버지는 어느 쪽이었을까. 그 존재의 해답을 찾았던 걸까? 아버지가 그토록 교회 근처에 가기 싫어했던 까닭을 알 것 같았다. 그나마 다행이었다. 찬우가 아버지의 마지막을 지켜주었다는 건 천만다행이었다. 마음속으로 아버지를 보고 싶었던 속내가 하늘에 닿았던 걸까. 그래도 원망도 마르고, 책망도 무색해지는 어느 날을 기다렸던 지난날이 후회됐다. 좀 더 일찍 아버지를 찾아 나섰어야 했다. 하지만 사람들 앞에 나서기엔 나는 너무 많이 망가졌었다. 그 꼴로 아버지 앞에 나설 수는 없었다. 남자를 상대하며 살았던 내 모습을 보면 아버지는 더 절망했으리라. 차라리 어디선가 살다가 잘 살고 계시겠지. 아버지에 대해 막연히 품었던 그리움을 챙이 선물해준 로즈마리 화분에 흠뻑 쏟아부었다. 독박골이 어떤 곳이냐고 묻던 챙, 그녀에게 나의 어린 시절을 말해주지 못했던 것도 후회가 됐다.

눈물은 가슴에서 타버렸다. 폭발하는 화산처럼 입 밖으로 내기도 전에 소리는 증발했다. 이젠 누구에게도 할 수 없는 말, 내가 죽어서도 할 수 없는 말이다.

아버지, 아버지, 아버지.

우리들의 이야기

기차를 타기로 했다. 서울역 기차 대합실에 들어섰다. 찬우가 기차표를 사러 간 사이 나는 대합실에 마련된 의자에 앉았다. 대합실 군데군데에 TV 영상기가 설치되어있었다. 망연하게 앉아 영상을 바라보는데 낯익은 문구가 비춰졌다.

'아름다운 서울 사진전'
—그리움의 문턱을 넘어서—

카메라 앵글이 '그리움의 문턱을 넘어서'라는 부제가 붙은 현수막으로 돌아가고 여자 앵커가 그 현수막 앞에 마이크를 들고 멘트를 하기 시작했다.

"지금 서울 광장에 이색전시회가 열려 사람들이 모여들고 있습니다. '그리움의 문턱을 넘어서'라는 현수막에 쓰인 문구가 인상적입니다. 이번 사진전은 세계적으로 권위 있는 퓰리처상을 수상한 한국계 미국인 조앤 플린 선생의 초대전입니다. 전시회가 오전 10시부터 오픈이 되기 때문에 현재 작품들은 전부 가려진 상태입니다. 지금 많은 분들이 관심과 호기심으로 오프닝을 기다리고 있습니다. 우선 시민 한 분을 모시고 오늘 전시회에 대한 소회 한 말씀을 들어보겠습니다. 오늘 이 사진전을 구경하려고 오셨나요?"

"네, 조앤 플린 씨 작품을 제가 좋아하는데 그분이 본 서울의 모습이 궁금하고 또 '그리움의 문턱을 넘어서'라는 저 문구가 제 마음을 뭉클하게 만드네요. 저는, 실은 서울이 고향이 아니거든요."

"아! 그러세요. 그럼 지금 고향엔 누가 사시나요?"

"부모님께서 사시는데 자주 뵙질 못해서 죄송스럽습니다."

"올 명절에는 꼭 고향을 가보셔야겠네요."

"예, 그럴 예정입니다."

"저기, 저쪽에 계시는 다른 분께 여쭙겠습니다. 고향이 서울이세요?"

"아닙니다. 저도 지방에서 올라왔습니다."

"그런데 말씨는 완전히 서울분 같으십니다."

"아, 예. 노력 많이 했습니다."

"서울에서 사시기가 어떤가요?"

"서울에서 살고는 있지만 마음은 늘 고향에 있습니다. 정말로 지금 제 앞에 문턱이 있다면 당장이라도 넘어서 고향으로 달려가고 싶습니다."

"네. 지금 몇 분과 말씀을 나눠봤는데 아마 현재 서울에 사시는 분들 대부분은 고향을 떠나오신 분들인 것 같습니다. 아마 서울에 살고 있다고 해도 자신이 태어난 동네에서 평생 사는 분은 없을 겁니다. 그래서 그런지 '그리움' 하면 왠지 감동이 전해지는데요. 세계적으로 유명한 사진작가가 담은 서울의 모습은 어떤 모습일까요? 우선 조앤 플린 선생님을 이 자리에 모셨는데 한 말씀 들어보겠습니다. 조앤 선생님 안녕하세요?"

"네, 안녕하세요."

"이제 잠시 후면 사진이 오픈이 될 텐데요. 이번 전시회를 위해 어떤 준비를 하셨는지 들려주시겠어요?"

"하늘 아주 가까이에…. 희망을 접어버린 사람들이 꾸역꾸역 몰려들던 동네를 여러분들은 모르시겠지요. 그 동네는 이상망뚱한 동네였습니다. 사람들은 산속 계곡 옆에 길 따라 물 따라 투닥투닥 집을 지어 아침밥을 지어먹고 저녁이면 털 빠진 깃털을 접고 잠을 잤습니다. 개풀 뜯어먹는 소리가 웃음으로 통하고 넉넉하진 않지만 부족한 것도 없는 곳이었습니다. 시도 때도 없이 집달이들이 몰려와 무허가 건물이라며 망치로 장난감 부수듯 집 한 귀퉁이를 부숴놓고 가버려도 사람들은 풀잎처럼 일어나 바람을 맞이했습니다. 집달이의 무례함만 빼놓고는 목소리가 제일 큰사람이 장땡인 곳이었습니다. 술에 취해 주사를 부리던 어른들의 넋두리가 끊이지 않던 동네에서 저는 어린 시절을 보냈습니다. 희망이라곤 보이지 않았지만 헐벗고 비루한 사람들이 유일하게 활개를 칠 수 있었던 곳이기도 했습니다. 그 동네에도 전봇대가 세워지고 수도시설이 가설됐습니다. 문명은 감격스러운 일이어서 동네가 바뀌기 시작했습니다. 안타깝게도 문명과 함께 그 시절에 독박골에 살던 사람들은 뿔뿔이 흩어졌습니다. 새 건물이 들어서고 낡은 집은 허물어졌지만 과거를 간직하지 않은 도시는 생명력이 없습니다. 도시도 사람과 같아서 사람처럼 퇴화의 과정을 거쳐야 하거든요. 낙후된 건물을 부수고 새 건물을 짓는 건 어쩔 수 없는 일이지만 도시가 나이를 먹는다는 건 그만큼 사람들의 삶의 이야기도 많다는 뜻도 되겠지요. 삶의 애환은 모델하우스가 아니기에 새 건물이 들어선다고 그 속에 깃들여있는 사람들의 애환마저 저버려서는 안 됩니다. 어쩌면 제가 살던 곳은 물질의 눈으로 본다면 하찮고 보잘것없는 곳이기도 합니다. 이제는 낡고 허름한 집 대신에 번듯한 아파트촌이 들어서서 어디에도 옛 모습은 찾아볼 수 없게 되었습니다. 그런데 시간은 영혼과 같아서 흘러간다고 사라지는 것이 아니라 오히려 지난 삶을 그리워지게 만듭니다. 현재의 시간은 눈으로 보지만 과거의 시간은 마음으로 봐야 합니다. 영혼의 눈으로만 봐야 하는 에덴의 동산을 여러분께 보여드리려고 준비했습니다."

"정말로 기대가 되는데요. 이제 오픈 시간이 다 됐나 봅니다. 자! 보십시오."

진열대를 가렸던 흰 천을 일제히 벗겨내자 사람들은 탄성을 질렀다.

"와—."

그리고 다들 놀라움을 감추지 못했다. 사진전이었으니 사진을 기대했던 사람들에게는 당연한 반응이다. 진열대에 걸린 것은 사진이 아니라 수채화 그림이었다. 물감의 농담으로 표현해 낸 세필화를 보고 사람들은 경탄을 했다.

인화된 사진은 딱 두 장뿐이었다.

찬우가 날 업고 뛰던 장면.

요셉과 마리아 복장을 한 독박골 아이들의 정지된 웃음을 찍은 사진.

모두 장일춘 기자가 찍었던 사진이다. 다행히도 그가 필름을 보관하고 있었다. 오래된 필름이긴 해도 현상하는 데는 어려움이 없었다. 그 2장의 사진들은 안내장처럼 사람들을 독박골로 안내했다.

삶의 이야기, 양철로 덧댄 지붕에 빗물이 떨어지면 지붕이 무너질까 맘 졸이던 사람들, 햇빛이 병아리 꼬리만큼 비치다 사라지는 창문을 열고 하늘을 쳐다볼 줄 알았던 사람들. 푸른곰팡이들이 서럽게 내려앉은 무겁고 눅눅하게 방안에 누웠어도 별을 보면 감탄할 줄 알던 사람들. 일자리를 잃어 인대가 끊어지는 것 같은 굶주림에도 웃을 수 있었던 순박한 사람들. 허름한 토담집에서 바람이 문짝을 흔들어대는 소리를 들으며 내일의 끼니를 걱정하고 살아가야 했지만 슬픔조차 아름다웠던 지난 장면들이 광장 벽면을 가득 채웠다.

카메라의 앵글은 그림을 보고 어느 여자의 얼굴을 크로즈업했다. 그녀의 눈가에 촉촉이 눈물이 타고 흘렀다. 그녀도 돌아갈 고향이 있는 건가? 아니면 돌아갈 수가 없는 건가. 챙처럼.

흑인에게 얻어맞지 않았다면 챙은 베트남으로 돌아갔었을까? 어쩌면 그녀는 고향에 돌아가고 싶었던 것은 아니었을지 모른다. 이제 와서 생각해보니 그녀의 마음속에 자리 잡고 있던 향수는 돌아가기 위한 것이 아니라 그녀의 망가진 영혼을 회복시키려는 몸부림이었을 거라는 생각이 든다.

독박골을 지키고 있던 찬우, 나를 기다렸다는 시간만큼 내가 찬우 곁에 머문다면 그를 닮아갈 수 있을까. 설사 그런다고 해도 나는 찬우를 이해할 수 없을 것이다. 그건 나를 버리는 일이었으며 동시에 나를 포기하는 일이기도 했다. 누굴 위해 나를 포기한 적이 없는 나는 그를 흉내 낼 수는 없을 것 같았다. 어쩌면 내가 그의 앞에 나타나지 않았다 해도 찬우는 아마 죽는 날까지 X축과 Y축이 만나는 꼭짓점에서 한 발자국도 떼지 못하고 멈춰 섰을 테지.

문명 앞에 숲이 있고 문명 뒤에는 사막이 있다던가. 언젠가 프랑스의 작가 샤토브리앙이 했던 말이라며 책꽂이에서 책을 꺼내던 켝이 내게 말해주었다. 내가 그에게 결혼을 하지 않는 이유에 대해 묻자 그는 그렇게 대답했다.

"결혼은 인생이라는 문명에 사막을 만드는 일이지."

계곡에서 지내는 동안 나는 굳어진 심장에서 각질이 떨어지는 것을 느꼈다. 찬우가 가는 곳에 내가 있었고 내가 있는 장소에 찬우가 함께 있었다. 극단에 일이 있는 날은 찬우를 따라 시내구경을 했다. 계곡 안에 있을 때는 숲터를 지키는 찬우를 따라 향로봉에도 올라갔다. 넓은 바위 위에는 누군가 만들어놓은 제단의 향불이 푸른 하늘을 향해 나풀거렸다. 인간의 간절함은 하늘 가까운 곳에 자리 잡기 마련이다. 나도 연기가 피어오르는 향불 앞에서 간절하게 중얼거렸다.

'문명을 등지고 살아가는 한 남자의 가슴에 문명으로 뚫린 길을 만들어주고 싶습니다.'

캄캄한 밤하늘에서 나는 비로소 잊었던 꿈을 보았다. 나뭇잎 위에 부서지는 햇살 너머로 그리움이 어른거렸고 바람결에 흔들리는 나뭇가지 사이로 삶의 감동이 쏟아져 내렸다. 내 두 눈의 눈꺼풀을 싸고 있던 오염된 껍질이 벗겨지기 시작했다.

그건 숲 때문이 아니라 찬우 때문이었다. 사람의 영혼을 치료하는 계곡 때문이 아니라 찬우가 내 옆에 있었기 때문이었다. 어디에도 옛 기억을 되살릴만한 흔적조차 남아있지 않은 독박골에서 숲의 소리를 들을 수 있었던 것은 찬우가 이 계곡에서 더불어 살아가고 있었기에 가능했다.

나는 그 삶을 붓으로 세세하게 담기로 했다. 온몸으로 살아가던 어른들의 모습. 비로소 온몸으로 살아가는 것밖에는 방법을 몰랐던 사람들이 이해됐다. 그건 나 역시 마찬가지다. 벌깨덩굴 주위로 꿀벌 두 마리가 윙윙거리는 장면을 찍다가 문득 하루 세 끼 수제비만 끓여 먹었다는 병찬이의 서럽고 슬픈 표정이 떠올랐다. 야간학교에 다니는 게 창피했던 동네 언니가 사람들의 눈을 피해 골목길로 학교를 가는 것도 모르고 튀김사달라고 조르던 어이없는 내 철없음도, 어느 집인지 숨어 살다가 수갑을 차고 경찰한테 끌려가던 어느 청년의 살벌한 풍경도, 해가 질 무렵이 되면 밀가루를 뿌려놓은 것같이 뽀얗게 화장을 하고 독박골 고개 아래를 내려가던 술집 아가씨의 재빠른 걸음도. 우리가 함께 지냈던 이웃이었다. 이제 모두 허공에 부서진 환영이 되었지만.

보이지 않으면 담을 수 없는 것들, 홀연히 사라진 시간들을 나는 빠짐없이 종이 위에 끄집어냈다.

"미래야! 일어나. 기차 타러 가야지."

"그래."

털커덕 털커덕. 기차는 밭을 지나고 동네를 지났다. 밭이 시작됐는가 싶으면 어느새 산을 지나고 산이 시작됐는가 싶으면 강물이 흘렀다. 올망졸망 시골길을 가로지르다가 덜컹덜컹 흔들리는 작은 도시를 보았다. 애련하게 매달리는 눈꼬리 끝으로 나뭇가지가 쫓아오고 숲이 와락 달려들었다. 예전에도 이렇게 땅덩이가 작았던가. 훌쩍 어른이 된 나는 문득 모든 게 작다고 느껴졌다. 숙명적인 크기와 절대적인 운명이 맞닿은 산과 강물 사이로 기차는 철로를 붙잡고 달렸다.

"참 작네!"

"광활한 미국 땅을 보다가 한국을 보니 우습니?"

"어렸을 적엔 무지 크다고 여겼는데, 이렇게 작다니…."

"넌 아직도 작아."

"뭐야? 너 정말, 놀릴래? 아참! 그리고 아까 사진전시장에서 어떤 여자분이 나를 찾아왔었어."

"누구?"

"나도 모르지. 자기가 독박골에 살았다는 거야. 그리고는 내 손을 한참 동안 잡고 내 얼굴을 바라보다가 누구라고 밝히지 않고 사라지더라."

어른이 되어서도 자신의 신분을 밝힐 수 없는 여자의 눈가엔 눈물이 고여 있었다. 내가 말을 붙이면 금방이라도 방울이 되어 떨어질 것 같아 나는 그녀의 손을 잡아주기만 했다. 내 손을 잡았던 그녀의 손바닥은 뻣뻣하고 투박했다. 노동이 느껴지는 감촉에서 나는 그녀의 인생을 느낄 수 있었다. 혹, 야간고등학교 가는 것도 모르고 튀김사달라고 철없이 졸라대던 그때의 동네 언니였을까. 야간고등학교 다니는 게 무슨 흉이라고. 동네 사람들에게 들킬까 골목길로 피해 다녀야 했던 건지. 한국전쟁은 끝났지만 이 땅은 껍질 벗겨진 맨땅이었다. 포탄이 퍼붓고 지나간 자리엔 붕괴된 건물 잔해더미가 널브러졌다. 독박골 사람들은 그 땅을 딛고 일어섰다.

독박골, 한때는 가난 때문에 수치스럽다고 여겼던 동네였지만 자연과 더불어 살았던 나는 비로소 세상에서 가장 아름다운 곳에서 살았음을 깨닫게 된 것이다. 하늘을 향해 얼굴을 들 수 있는 사람은 좌절 같은 것은 없는 거라고.

"나…, 난 말이야, 지키고 싶었어."

"응? 뭘."

"독박골 사람들이 돌아올 거라고 믿었어. 조만간 사람들은 잃어버린 기억들을 찾고 싶어서 독박골을 찾아올 거라고 여겼지. 지난날에 대한 회상은 그리움뿐만 아니라 짙푸르게 멍들어가던 아픔을 조금씩 아물게 해주거든. 상처였다고 해도 간혹 떠오르는 옛 추억은 잃었던 영혼을 되돌려놓게 하는 치유능력이 있어. 그래서 나는 나이를 먹는 걸 두려워했지. 늙기 싫다는 단순한 욕망이 아니고…. 그런 차원이 아니라, 나이를 먹게 되면 옛 기억들이 희미해질까 봐 그게 좀 안타까웠을 뿐이야."

"무엇을 그토록 간직하고 싶었던 건데?"

"그건, 마, 말… 할 수 없어."

"바보."

바보. 예전에도 나는 찬우에게 바보라고 그랬었다. 그걸 기억했는지 찬우는 내 말에 잠자코 마주 잡은 자신의 손가락을 응시했다.

"나, 독박골로 돌아올까?"

"…."

대답 대신 찬우는 내 손을 꽉 쥐었다. 그리고 덜커덩 흔들리는 유리창 너머로 시선을 돌렸다.

한차례 인생의 격렬함이 훑고 지나간 다음에 남는 건 죽음을 생각할 수 있는 여유였다. 이렇게 덤덤할 수 있는 건 젊음이 쏟아버리고 간 자존심의 퇴락이 아니라 순수하기만 했던 어린 시절에 대한 아련한 향수 때문일 것이다. 초로를 바라보는 나이에도 아직 설익은 야망의 찌꺼기가 남아있다면 그건 지난 세월에 대한 애정은 아니다. 기억의 어느 한 부분은 세월만큼 복수를 키울 수도 있겠지만 우리의 잔잔함은 증오와는 거리가 먼 서로에 대한 연민만 남았다.

우리는 대전역에서 내렸다. 광장을 지나 길가는 사람들에게 물어물어 전철과 버스를 갈아탔다.

현충원.

입구에 들어서자마자 발걸음이 묵직해졌다. 스피커에서 나지막하게 흘러나오는 가곡은 가슴에서 저릿저릿 울렸고 눈가에는 벌써부터 벌겋게 눈물이 고여 들었다. 사병묘역을 지나 장교묘역 쪽으로 올라갔다. 병풍처럼 둘러진 계룡산은 아주 드높고 웅장해 보였다. 우거진 나무들은 활처럼 펼쳐져 영령들을 위로하려는 듯 말없이 비석들을 내려다보고 있었다. 열을 지어 세워진 비석들 사이에 아버지의 이름이 보였다. 전쟁 때문에 목숨을 아끼지 않았고 전쟁이 끝난 후에는 언젠가 있을 전쟁 때문에 목숨을 맡긴 영령들의 이름들 틈에 아버지의 비석이 있었다.

육군 대위 양준만.

"아버지! 아버지! 저 왔어요."

목이 메었다. 털퍼덕 비석을 붙들고 주저앉았다. 회한이 복받치고 미안함에 무릎을 세우고 서있을 수가 없었다. 아버지에 대해 아는 것이 있다면 부끄럽게도 오해뿐이다. 불쌍한 아버지, 위로 한 번 받아보지 못한 불쌍한 아버지. 전쟁으로 인해 희생된 젊음을 평생을 두고 절망했을 아버지를 이제야 찾게 됐지만 세월은 한 사람의 일생을 이해하도록 기다려주지 않았다. 아버지에게 누구나 다 연습 없이 인생을 살아가기에 시행착오는 어쩔 수 없는 거라고 위로의 말을 진작 했어야 했다. 비석은 차가웠다. 땅속에서 끌어 올려진 차디찬 아버지의 호흡일 것이다. 냉기로 가득한 땅속에서 뿜어지는 아버지의 숨소리를 쓰다듬었다.

세상엔 미안하다는 인사치레로 갚을 수 없는 게 있었다. 고맙다는 말로도 탕감이 어려운, 빚이라고 말하기도 무겁고 사랑이라고 표현하기엔 너무 가벼웠다. 용서를 구한다면 그건 서로에게 상처를 주는 잔인한 일이리라. 애초부터 나는 누구와도 원한을 갖지 않았으므로 용서를 구하는 건 가당치 않았다. 그런데 나는 지금 용서를 빌고 싶었다. 조앤 플린이 되어버렸고 이제는 양미래로 돌아갈 수도 없는 나는.

"아버지한테 용서를 빌고 싶어."

"네 아버지는 아무도 미워한 사람이 없어."

"실은 난 아버지를 한 번도 잊은 적이 없었어."

"미래야, 그 마음을 네 아버지도 아실 거야."

"찬…우…야, 이제, 다 끝났네."

"끝나긴. 지금부터 우리들의 이야기가 시작인데."

찬우는 내게 손을 내밀었다. 나는 그가 내미는 손을 잡았다.

"자, 가자. 집으로."

날이 저물어 가는 시간은
많은 생각들이 함께 주어집니다.

어둠은
별빛을 몰아
길모퉁이로 사라지고

그것이 번민이건 미련이건,
사라진다는 데에
한 번은 고개를 떨구게 됩니다.

땅을 딛고 있는 발끝에
시선을 둘라치면
허물어지는 시간 앞에
서러운 무릎을 꿇고 싶어집니다.

지친 다리를 절뚝거리다
어제의 미련으로

잠시 서글플 뿐,

별은 나를 바라보고
나도 별을 바라봅니다.

저곳에
어린 왕자가 청소를 하던
굴뚝이 남아있다면
나는 이제,
그대를 위해 늦은 저녁을 준비하고 싶습니다.

작가의 말

독박골 사이버 친구들

야누스, 언제나, 자유인, 테노르, 멋쟁이, 반딧불, 아침 햇살, 지니러브….

모두 사이버 공간에서 만난 친구들이다. 얼마 전 '멋쟁이'는 머리가 아파서 검사를 했다고 해서 다들 걱정스레 안부를 물었다. 산을 좋아한다는 '지니러브'는 산행이 끝나면 알탕을 간다고 너스레다. '언제나'는 말년 휴가를 나온 아들과 영화를 보고 왔다고 자랑이다. 게다가 치과에 가서 그 비싼 금니를 박았다는 엄살에 우리는 몰려들어 한 마디씩 댓글을 달았다. 그 댓글을 읽다가 웃겨서 하마터면 자판기에 커피를 뿜을 뻔했다. '야누스'는 알고 보니 둘째 남동생과 초등학교 동창이란다.

나의 사이버 이름은 디어다. 우리가 사이버 공간에서 만나긴 했지만 공통점은 있다. 모두 독박골이라는 동네 출신이다. 동시에 불광초등학교 동문이기도 하다. 왜냐면 독박골에 사는 아이들은 거의가 다 불광초등학교에 다녔다.

나는 1969년 초등학교 1학년 때 불광동으로 이사를 왔다. 외갓집은 독박골에 살았는데 불광 사거리에서 구기터널 방향으로 오른쪽에 무허가 집들이 많았다. 외갓집도 그중의 하나였다. 내게 독박골은 유년의 기억을 담고 있는 비밀스런 일기장이었다. 징검다리를 딛고 건넜던 개천에 다리가 생겼고 그 다리가 복개공사로 덮어버리는 긴 시간을 지나는 동안 외할아버지가 돌아가시고 외할머니도 그곳에서 돌아가셨다. 재개발로 불광동을 떠나기 전 마루에 앉아 폐암으로 죽음을 맞이하던 아버지의 쓸쓸한 모습이 아직도 눈에 선하다.

독박골은 나의 성장기와 맞물려 있어서 정서에 많은 영향을 끼쳤던 곳이기도 했다. 그곳에서 성인이 될 때까지 살았는데 유독 유년의 기억에 머물렀음은 사춘기에 들어서면서부터 가난이 주는 불편함에 눈을 떴기 때문이기도 하다. 사춘기를 지나던 중고등 시절에는 어른들의 무능력과 내일에 대한 막연한 두려움, 대학진학 포기로 인한 방황과 저항, 부모에 대한 끝도 없는 원망으로 그 시절의 나를 사랑할 수가 없었다.

껄렁거리는 동네 오빠들이 교복을 입고 공터에서 빼끔담배를 피워대는 불량한 모습이 독박골의 전부라고 여겼던 나는 그 동네에서 이방인처럼 섞이지 못했다. 독박골에 사는 게 쪽팔리다고. 내가 갖고 있던 부촌에 대한 환상은 시골소녀가 서울을 동경하는 그것과 다르지 않았다. 하지만 서울 중심가에 농촌 같은 정감을 느끼게 해주던 동네에서 어린 시절을 보내지 않았다면 나는 소설적 감성을 키우지는 못했을 것이다.

지금의 구기터널에서 불광동 전철역 타는 곳까지 이어진 번듯한 도로는 사실 개천이었다. 어릴 적 기억이긴 해도 개천의 폭은 꽤 넓고 깊었다. 장마가 쏟아지는 여름이면 황토물의 물살이 어찌나 빠른지 외할아버지가 등에 나를 업지 않으면 건널 수가 없었다. 개헤엄을 칠 수 있을 정도로 물이 많이 고인 개천도 가뭄에는 맨바닥을 드러냈다.

삶도 마찬가지였다. 마른 날이 있는가 하면 살다 보면 늪처럼 깊은 곳에 빠져 허우적거릴 때도 생긴다. 어른들의 능력 탓이라기보다 전쟁이 끝난 직후라 그 시절은 누구나 배부른 날보다 배곯는 날이 더 많았다. 시대적으로 모두가 늪에 빠져있던 빈한한 시절에 근심을 보고 자랐다면 가난 탓을 할 게 아니라 그곳을 벗어나지 못하는 나의 게으름을 부끄러워했어야 옳았다. 어수선하고 암울했던 그 시절을 제대로 이해하지 못했다는 것에 대해 늘 자책했고 짐처럼 가슴에 남아있었다.

소설의 구성을 위해 두 젊은 남녀 미래와 찬우를 주인공으로 앞세워 어린 시절에 겪었던 기억을 더듬었다. 성인이 된 두 젊은 남녀가 독박골로 들어가는 결말은 통속소설의 범주를 넘지 못하지만 소설은 사람 사는 이야기고 인생이 원래 통속적이다. 아무리 현실에서는 도덕적이고 고차원적인 윤리적 잣대를 들이대도 남녀의 애정관계 만큼은 제한도, 경계도 없는 무한대의 따뜻한 시선을 보내고 싶었다.

세상은 기억조차 생소할 정도로 빠르게 바뀌고 달라졌다. 너무 빨라 정신이 아찔할 정도다. 새삼스레 아날로그 시절이 무슨 관심이 있을까 싶지만 나이가 들어서인지 촌스럽게 아날로그 시절의 일탈이 그립다. 도시 곳곳에서 재건과 개발의 움직임이 꿈틀거렸던 시절은 생명에 대한 감사가 있었다. 존재하는 것만으로도 다행으로 여겼기에 가난해도 마음이 병든 건 아니었다. 화가 나면 분에 못 이겨 묻지 마 폭행을 일삼는 무지막지한 지금의 일탈과는 차원이 달랐다. 전쟁으로 쓰러져간 폐허 속에서 오로지 살아야겠다는 어른들의 허리를 낮춘 생활력과 정신력이 있었기에 학창시절 방황해봐야 골방에 모여 야외용 전축을 틀어놓고 방구들이 무너져라 고고 리듬에 맞춰 신나게 몸을 흔드는 거로 끝났는지도 모른다. 춤을 추다 보면 신기하게도 스트레스가 사라졌다. 오! 수지 큐~.

고향을 찾고 싶은 마음은 동시에 성공에 대한 열망도 같이 자리 잡는 법이다. 가난을 벗어나려고 고향을 떠난 이들에겐 보란 듯이 양손에 정종과 종합선물세트를 사 들고 고향을 가려는 강한 출세욕이 마음 한구석에 싹이 튼다.

조금씩 써왔던 '독박골 산1번지'를 10년 만에 세상에 내놓으려니 용돈을 모아 가족들에게 나눠줄 속옷을 사 들고 고향을 찾아가는 것처럼 마음이 설렌다. 구기터널에서 전철역까지 운행하는 버스가 생긴 건 내가 고등학교 다닐 때부터였던 것 같다. 그 전까지 두 정거장이 되는 거리를 애나 어른이나 할 것 없이 하루에도 몇 번씩 그 길을 걸어 다녔다. 과거의 불편함이 아름다운 추억으로 남는다는 건 슬픔에 대한 미화일 수도 있겠지만 사라짐에 대해 연민이 생기는 건 어쩔 수 없다. 왜냐하면.

이제 더 이상 마음에 품을 고향이 없다. 고향이라고 할 만한 장소도 없다. 내 얼굴을 기억해줄 만한 동네어른도 없다. 하긴 지금은 그리움이 존재할 시간조차 없다. 스마트폰으로 손가락을 누르면 1초 만에 연락이 닿기에 그리움이 배양될 시간이 주어지질 않는다. 따뜻한 봄날, 외할머니를 따라서 망가진 숟가락을 들고 냉이를 캐던 꼬질꼬질한 시절을 살아왔던 나는 축복이다.

2019년 5월

세상에 존재하지 않는 동네를 그리워하며

소설가 권소희